DÌLEAS DONN

Rugadh agus thogadh Norma NicLeòid ann an Loch Croistean, Ùig, Leòdhais. Chuir i cuideachd seachad greis dhe h-òige ann an Airidhantuim agus tha dàimh làidir aice ri Beàrnaraigh. Tha i fhèin agus a cèile a' fuireach ann an Siabost. Tha dithis nighean aca – an dara tè a' fuireach an Glaschu agus an tèile an Dùn Èideann.

Dìleas Donn

Norma NicLeòid

CLÀR

CLÀR

Foillsichte le CLÀR, Station House, Deimhidh,
Inbhir Nis IV2 5XQ Alba

A' chiad chlò 2006

Air a chur ann an clò Minion
le Edderston Book Design, Baile nam Puball.
Air a chlò-bhualadh le Creative Print and Design, Ebbw Vale, A' Chuimrigh

Tha clàr-fhiosrachadh foillseachaidh dhan leabhar seo
ri fhaighinn bho Leabharlann Bhreatainn

LAGE/ISBN: 1-900901-27-7
978 1-900901-27-7

ÙR-SGEUL

Tha amas sònraichte aig Ùr-Sgeul – rosg Gàidhlig ùr do dh'inbhich a bhrosnachadh agus a chur an clò. Bhathar a' faireachdainn gu robh beàrn mhòr an seo agus, an co-bhonn ri foillsichearan Gàidhlig, ghabh Comhairle nan Leabhraichean oirre feuchainn ris a' bheàrn a lìonadh. Fhuaireadh taic tron Chrannchur Nàiseanta (Comhairle nan Ealain – Writers Factory) agus bho Bhòrd na Gàidhlig (Alba) gus seo a chur air bhonn. A-nis tha sreath ùr ga chur fa chomhair leughadairean.

Ùr-Sgeul: sgrìobhadh làidir ùidheil – tha sinn an dòchas gun còrd e ribh.
www.ur-sgeul.com

Mar chuimhneachan air mo mhàthair is m' athair;
Anna Mhoireasdan agus Tarmod MacÌomhair,
ise à Circeabost agus esan feir an Loch a' Ghainmhich.

1

Smaoinich Bellann gum bu chòir psychiatrist a bhith aice. Cha
b' e gun robh dad sam bith ceàrr oirre mar sin: bha i a' dol a
dh'obair a h-uile latha, bha caraidean aice – na bha i ag iarraidh,
co-dhiù – agus bha i toilichte gu leòr. A dh'aindeoin sin, shaoil
leatha gun dèanadh e feum dhi. 'S e sin nan lorgadh i fear no tè a
dh'èisteadh rithe.

Bha i air tilleadh o bhith bliadhnachan ann an Toronto, agus
thòisich i a' mothachadh gun robh psychiatrists aig gu leòr an sin,
no 'saidhcidhean' mar a theireadh iad fhèin, gu h-àraidh ma bha
cosnadh math aca. Gu dearbh, mura robh fear agad, 's ann a chanadh
feadhainn gur dòcha nach robh do bheatha buileach cothromach.

Fabhtas Ameireaganach, ars ise rithe fhèin, a thàinig a-steach
mean air mhean a dhùthchannan eile. Tha mi dol ga fheuchainn.

Bha e coltach gun robh na saidhcidhean earbsach. Bhathas gan
cleachdadh mar gun cleachdadh tu sagart, airson a bhith ag innse
dhaibh mu na rudan a rinn thu ceàrr, agus bhiodh na faireachd-
ainnean a bu dlùithe a bhiodh nad chridhe aca mar gum b' e
seòrsa de dhia a bh' annta. Bhiodh feadhainn dhiubh a' leantainn

7

dhòighean-smaoinichidh eadar-dhealaichte; cuid ag innse dhut
dè bu chòir dhut a dhèanamh, agus cuid eile dìreach ag èisteachd,
a' feuchainn gu faigheadh tu na b' fhaisge ort fhèin agus air d' fhair-
eachdainnean.

Bha Bellann air a bhith a' cosnadh fad a beatha agus bha i a-nis
sia bliadhna deug air fhichead. Cha robh piuthar no bràthair aice,
ach bha a h-athair beò fhathast. Bha esan gun mhothachadh ann
an nursing home beag air bràigh Obar Dheathain. Cha b' e duine
a bh' ann a-nis ach slige. 'S fhada bho bha i air a chaoidh, ach bha i
fhathast a' dol a shealltainn air.

Gach uair, bheireadh e smuain oirre mar a bha e uair dhen
t-saoghal a' riaghladh a beatha agus beatha na coimhearsnachd,
agus e a-nis na dhuine gun lùths gun eanchainn gun chreideamh
– an creideamh a bha a' ciallachadh uimhir dha, agus a bha e dhen
bheachd nach robh creideamh san t-saoghal a bha ceart ach am
fear sin fhèin. Leanadh smuain Bellann air na lathaichean fad' às
ud far am biodh e a' searmonachadh mun t-Sàtan 's mun bheatha
mhaireannaich, 's mu rudan a thachair ann an àitichean air taobh
eile an t-saoghail, mar Samaria agus Betelèhem. B' fhada à sin
rìoghachd Alba agus am baile beag san deach a togail-se. Nach bu
neònach gun robh creideamh an Ear Mheadhanaich an-diugh na
chreideamh ann an Alba, agus meur dheth fhathast a' riaghladh
dòigh-beatha an eilein anns an deach a breith agus a h-àrach.
Creideamh a bh' air teaghlaichean agus dàimhean a chur a-mach
air a chèile, agus air sgaraidhean air nach gabhadh iomradh a
dhèanamh ann an teaghlaichean – agus an teaghlach aice fhèin an
teis-meadhan sin.

Ach bha Bellann a' faireachdainn gun robh ùrachadh a dhìth
air a beatha – nach robh neach ann a bha ga tuigsinn. Agus bho
nach robh na sagartan agus na ministearan ach ag iarraidh a

bhith ag adhartachadh an creudan fhèin le bhith gad phutadh chun a' chreideimh acasan, cha bhiodh sin gu feum dhi ann an dòigh sam bith. Agus bho nach robh i a' creidsinn anns na rudan a bh' aca ri ràdh co-dhiù, 's e saidhcidh a b' fheàrr a ruigeadh air a feumalachdan. Cha robh i cinnteach an robh i a' creidsinn ann an saidhcidhean a bharrachd – 's e sin, an robh iad a' dèanamh feum no nach robh. Bhiodh i a' smaoineachadh gun robh iad mar na ministearan, le creud eadar-dhealaichte aig gach buidhinn dhiubh. Bhiodh cuid dhiubh a' leantainn Freud, cuid eile a' leantainn Jung no Klein, agus eadar a h-uile meur dhiubh a bh' ann bha iad ann an dòigh mar na h-eaglaisean aig an taigh – ag adhradh dhan aon dia ach a' trod nam measg fhèin ach ciamar a bu chòir sin a dhèanamh.

Ach a dh'aindeoin sin, bha co-chomann eadar na h-Iùdhaich agus na Samaratanaich a thaobh saidhceòlas, co-chomann nach robh ri fhaighinn ann an creideamh a h-òige-se.

Bha beatha Bellann air a bhith suas agus sìos, ach bha i dhen bheachd gun robh agus beatha a h-uile duine. Bha daoine a' gabhail an dòighean fhèin airson dèiligeadh ri tachartasan am beatha làitheil. Bhiodh iad a' lìonadh am beatha le adhbharan dhe gach seòrsa, an uair sin a' frithealadh nan adhbharan sin agus a' sgaoileadh a-mach gu caraidean ùra, a' leudachadh am beatha, gach neach airson an ciall fhèin a thoirt à suidheachadh a bhith beò.

Ach 's e saidhcidh a lorg – 's e bhiodh an sin ach dòigh eile. Uill, saidhcidh freagarrach ann am baile mòr Obar Dheathain. Agus fear no tè a bhiodh ag obair ann an àite far nach mothaichist dhìse a' dol a-mach 's a-steach, gun fhios fèar ciamar a leughadh luchd-eòlais sin, nam b' e 's gun turchradh iad oirre ann an àite mar clionaig. Fear no tè aig am biodh ùidh ann an rudan Gàidhealach, no co-dhiù tuigsinn. Bha i cinnteach nach biodh gin le Gàidhlig ann. 'S i bh' air a mealladh.

Chòrdadh saidhcidh Gàidhlig rithe na b' fheàrr, oir bhiodh e na b' fhasa dhi bruidhinn air na smuaintean dìomhair ann an Gàidhlig, nan tigeadh e chun a sin – na smuaintean domhainn a bha shìos ann an oiseanan na cuimhne, ged nach biodh iad ga bleadraigeadh ach nuair a bhiodh i mì-dhòigheil.

B' e sin a dh'fhàg i, madainn Diciadain earraich, a' coiseachd air Carden Place an Obar Dheathain agus a' dol a-steach a thogalach anns an robh luchd-lagha, luchd-gnìomhachais agus saidhcidhean ag obair.

Chaidh i suas staidhre chas le brat-ùrlair dearg agus purpaidh, an seòrsa a bh' ann nuair a thòisich bratan-ùrlair a' tighinn a-mach an toiseach. Suas leatha chun an àite-fàilteachaidh, far an robh boireannach mu dheich bliadhna fichead na suidhe air cùl deasg.

Cha robh ann ach aon fhear a bhiodh a' gabhail dhaoine dhe a leithid-se. 'S e an Dr MacCumhais an t-ainm a bh' air. Bha e ag obair san t-saoghal phrìobhaideach, a' coimhead dhaoine mar a bha ise – calma, tapaidh nan inntinn, ach ag iarraidh a bhith gleac ri na smuaintean dorcha.

2

Bha Bellann air a bhith aig saidhcidh MacCumhais a-nis trì uairean. Bhiodh i a' dol thuige dà thuras sa mhìos. Bha sin a' dèanamh seòrsa de chòrdadh rithe, oir cha b' e tè a bh' innte aig an robh saoghal farsaing de charaidean. Bha an saoghal air dèiligeadh rithe ann an dòigh nach robh ro mhath, agus cha robh i a' dol a dh'innse a h-uile rud dha MacCumhais aig an ìre seo.

Chan e gun robh e a' cur cabhaig sam bith oirre: bha e a' coiseachd na slighe còmhla rithe agus ga fhàgail aice fhèin dè bha i a' dol a ràdh. Sin mar a bha e gu ruige seo. B' e sin an seòrsa fear a b' fheàrr leatha. Cha robh i idir ag iarraidh duine a bhiodh a' feuchainn ri a smuaintean a mhìneachadh dhi; bu mhath a dhèanadh i fhèin sin. Duine socair, dàimheil, ann an suidheachadh fosgailte, a bha i a' sireadh. Shaoil leatha gun robh i air a sin a lorg, agus bha i a' faireachdainn dachaigheil agus saorsainneil na chuideachd.

Bha i amharasach nach robh cabhaig air fhèin a bharrachd. 'S ann mar sin a bu mhotha a dhèanadh e de dh'airgead. Sin a bhiodh daoine ag ràdh. Cha ghann nach canadh iad. Cha b' e leigheas mar sin a bha ise a' sireadh ach dìreach seòrsa de dh'fhois, gus nach biodh na faileasan glasa a' nochdadh ro thric. Agus bha airgead gu leòr aice a phàigheadh e, ged a bheireadh e gu Latha Luain.

Bha i air an còmhradh a chumail aotrom gu ruige seo, iad a' cur eòlas air càch-a-chèile, a' fàs cofhurtail le bhith a' bruidhinn a-null 's a-nall, mar sheòrsa de shuirghe – seòrsa de ghràdh spioradail, mar a bhiodh aig a màthair air nuair a ghabhadh fear is tè san eaglais nòisean dha chèile.

Chaidh aice air innse dha mu dheidhinn a h-obrach: mar a bha i na stiùiriche air nursaichean baile Obar Dheathain, agus mu na duilgheadasan a bha a' tachart dhi an sin fhèin. Dh'innis i dha cuideachd gun robh i air a bhith pòsta, gun robh i air a bhith a' fuireach ann an Canada, agus dà bhliadhna às dèidh dhi bhith air a fàgail na banntraich, 's gun i fhathast glè aosta, gun smaoinich i a thighinn air ais dhachaigh dhan rìoghachd seo fhèin.

Bha MacCumhais, mar a h-uile saidhcidh dhe sheòrsa, a' gabhail leatha, oir bha fios aige gun tigeadh i uaireigin gu bhith a' bruidhinn air rudan a bu taisealaiche. Boireannach àbhaisteach, ars esan ris fhèin. Bheir e greis faighinn faisg gu leòr oirre airson gun tog i earbsa agus gun tòisich i a' dèanamh còmhradh mu na rudan a tha dha-rìribh a' cur dragh oirre.

Bha gu leòr a' cur dragh air Bellann aig a h-obair. Cha robh i idir a' faighinn air adhart còmhla ris an tàirdsear boireannaich a bha os cionn Bòrd na Slàinte. "'S fheàrr leam co-dhiù a bhith ag obair còmhla ri fireannaich," ars ise ri MacCumhais aon latha.

"Dè tha sin a' ciallachadh?" arsa MacCumhais.

"Tha," arsa Bellann, "gu bheil fios aca dè tha iad a' dèanamh. Tha na boireannaich a' feuchainn ri cus a dhèanamh aig an aon àm agus an uair sin a' tòiseachadh a' gal ma thèid càil ceàrr. Cha chòir dhut a bhith a' gal aig d' obair. 'S ann a bhios tu a' gleidheadh do ghuil airson do bheatha phearsanta, airson nan rudan a tha a' cunntadh. Aig deireadh an latha chan eil obair dhuine a' cunntadh."

"An e sin a bhiodh d' athair ag ràdh?" arsa MacCumhais, agus e a' faireachdainn gum bu chòir dha a dhol na bu dàine, a-steach dhan trìtheamh seachdain.

"Cha b' e," arsa Bellann. "Cha bhiodh m' athair ach a' searmonachadh am broinn an taighe, a' gabhail an Leabhair agus a' leughadh. An e ministear? Bhiodh na rudan a bha e a' leughadh a' cumail obair-inntinn ris, agus bhiodh e a' cumail cuid dhiubh sin an-àirde mar eisimpleir rium fhìn agus ri mo mhàthair mar aingidheachd an t-saoghail, gu h-àraidh iadsan a bhiodh ris a' mhisg agus a bhiodh a' cosg an cuid a' cur geall air eich."

Rinn i fhèin agus MacCumhais gàire.

"Dè mu dheidhinn do mhàthar?"

"An-còmhnaidh a' cuachail. A' dèanamh biadh agus a' nighe shoithichean, a' gleidheadh na Sàbaid agus a' dlùth-leantainn rissan. Ach chuir mise sin air mo chùlaibh bho chionn fhada."

"Na chuir?" arsa MacCumhais.

"Chuir," ars ise. "Tha m' athair beò fhathast. Ach tha e truagh. Tha e ann an taigh-eiridinn prìobhaideach ann an seo fhèin. Chan aithnich e duine. Chan eil fios aige an e latha no 'n oidhche a th' ann. Thàinig e fhèin agus mo mhàthair a-mach an seo bho chionn còig bliadhna deug agus iad ag iarraidh faighinn air falbh à Leòdhas. Bha rudan air tachairt nam bheatha fhìn nach do chòrd riutha, ach ris am b' fheudar dhaibh gabhail. Bidh mi a' smaoineachadh gun do nàraich mi iad. Sin an latha a bh' ann an uair sin. Tha na rudan sin seachad a-nis, mar nach robh iad a-riamh ann. Bha m' athair air a bhith tinn mus do ghluais iad, a-mach 's a-steach às an ospadal, agus mar sin cha robh e cho furasta dhaibh a bhith dol dhan eaglais. Bhiodh e a' cur iongantas air mo mhàthair mar a thraogh muinntir na h-eaglais air falbh aon uair agus gun tàinig an t-ana cothrom.

"Cha mhòr gun robh iad a' faicinn duine; bha na ministearan òga ùra cho dripeil a' feuchainn ris an òigridh a thàladh agus gun robh iad a' cur nan seann daoine air dhìochuimhne. Bha e duilich dhomh fhìn a chreidsinn gus am faca mi e air mo shon fhìn. Eadhon ged a bha e na dheagh shearmonaiche agus ged a bha ceòl aige, agus e cho buileach math air a bhith seinn agus a' cur a-mach na loidhne, cha robh sin na thàladh dhaibh aon uair 's gun d' fhuair iad feadhainn òga tharraingeach a dhèanadh e, ged nach robh am blas aca a bh' aigesan.

"Bhàsaich mo mhàthair an toiseach, le aillse a thàinig mar ghadaich san oidhche. Bhon àm sna thòisich oirre, bha i marbh an ceann cheithir mìosan. Choimhead a' hospice às a dèidh gu math, ach bha m' athair air an allaban às a h-aonais. Tha e air mo chogais beagan nach tug mi e a dh'fhuireach còmhla rium fhìn bho thàinig mi dhachaigh, agus rùm gu leòr agam, ach mar a tha m' obair cha deigheadh agam air coimhead às a dhèidh mar bu chòir.

"Co-dhiù, 's e bha dhìth air ach cùram sònraichte, agus bha airgead gu leòr aca. Chan eil mi cinnteach càit an d' fhuair iad e. Cha deigheadh càil mar sin innse dhòmhsa, ach tha cuimhn' agam sanais agus còmhradh beag a bhith staigh, mar gum biodh airgead air a thighinn thuca à badeigin – 's dòcha dìleab no rud mar sin. Seach gun robh sin aca, bha e na b' fheàrr gum pàigheadh esan airson cùram ceart fad-ùine agus an cothrom aige. Uill, ma tha mi onarach, dh'fheumainn aideachadh, ged a bha mi glè dhèidheil air ann an dòigh, nach b' urrainn dhomh fuireach san aon taigh ris. Bhithinn air ais gu bhith nam nighinn bhig. Co-dhiù, chan eil duine a' dèanamh sin a-nis. Bheil thu fhèin eòlach air Green Acres?"

"Chan eil. Bidh mi a' dol seachad air a h-uile latha air mo shlighe a dh'obair, ach cha robh mi riamh na bhroinn."

"'S e àite math a th' ann. Tha mi ag aithneachadh gu bheil m' athair toilichte. Bidh e a' seinn ris fhèin. Bidh mi a' dol a shealltainn air a h-uile Diardaoin. Bha Diardaoin a' ciallachadh dha uaireigin, oir sin oidhche na coinneimh-ùrnaigh. Bha e a' còrdadh ris garbh math a bhith ag èisteachd ri na fireannaich ag ùrnaigh, agus cha do sguir e a ghabhail iongantas an comas-labhairt a bh' aca, agus gun duine aca cha mhòr air bruidhinn a-mach am measg dhaoine a-riamh. 'S e sin as coireach gu bheil mi a' dèanamh na h-oidhirp airson oidhche Dhiardaoin, gun fhios nach dùisg e rudeigin a tha na chadal air cùl inntinn. Nach mi tha gòrach!"

"An aithnich e thu fhèin?" arsa MacCumhais.

"Cha shaoil mi fhìn gun aithnich. Uaireannan faighnichidh e dhomh dè am bus air an tàinig mi steach an-diugh, no am faca mi Eachainn a nàbaidh, agus na chuir e am buntàta. Bidh mi a' toirt freagairt a shaoileas mi a chòrdas ris. Canaidh mi gu bheil buntàta math aig Eachainn am-bliadhna, agus canaidh e gur math sin. 'S e an rud nach robh nàbaidh aca a-riamh air an robh Eachainn, ach bha bràthair-màthar aige air an robh Eachainn, ge bith an e an duine sin tha e a' ciallachadh. Tha mi 'n dòchas nach landaig mise mar siud. Cha bu mhath leam mo chiad-fàthan a chall."

3

Bha Ailig Iain agus Muriel a' fuireach air tuath Leòdhais. 'S e duine àrd a bh' ann, le falt bàn agus gàire tarraingeach, mar gum biodh e ri dibhearsain no a' lorg dibhearsain – duine sìtheil nach robh ag iarraidh ach a bhith àbhaisteach agus làitheil agus a bhith a' cumail an-àirde guth na coimhearsnachd mar a bha esan ga choimhead. Bha e air a thighinn gu sìth agus fois na bheatha, ged a bhiodh e uaireannan a' faireachdainn an-shocair. Bha a mhàthair a' fuireach ri taobh an taigh' aca còmhla ri a mac eile, Seumas. Cha robh Muriel a' faighinn seo ro fhurasta, ach bha i a' gabhail ris, oir b' e na beachd fhèin an crannchur a chaidh a chur a-mach dhi, agus 's iomadh suidheachadh anns am faodadh i bhith na bu mhiosa na sin. Nuair a smaoinicheas tu air na tha a' dol air adhart san t-saoghal eadar fòirneart agus cogannan, 's ann a tha mi fhìn agus Ailig Iain glè mhath dheth, chanadh i rithe fhèin.

Bha obair aigesan os cionn earrann de chompanaidh neo-eisimeileach a bhiodh a' càradh rathaidean agus a' togail dhrochaidean, agus bha Muriel i fhèin na home-help. Bha fèill mhòr air

16

Muriel. B' i a' home-help a bhiodh a h-uile neach san sgìre an dòchas a gheibheadh iad. Bha ainm aice a bhith caomh, tuigseach agus glan. Cha bhruidhneadh i air càil a chitheadh i agus bha i air leth air daoine a fhrithealadh air am biodh feumalachdan an ana-cothruim. Bha liathadh air tòiseachadh a' tighinn na falt ged nach robh i ach na h-ochd bliadhna deug air fhichead – falt a bha uair fada donn-bhàn agus a bha a-nis air a churladh le dosan goirid a' tuiteam sìos air a maoil.

'S e cupall tarraingeach a bh' innte fhèin agus an Ailig Iain – dithis a bha a' togail ìomhaigh na sgìre le bhith nàdarrach agus truasail rin co-chreutair. Bha esan le dreuchd àrd aige sa chompanaidh, Siar, agus e os cionn buidheann luchd-obrach a bha a' toirt urram dha, agus esan mar an ceudna taiceil agus misneachail dhaibhsan. Mar chomharr air na bha an sgìre a' saoilsinn dheth, agus chanadh gu leòr gun robh dhìse cuideachd, bha an sluagh bho chionn dà bhliadhna air esan a thaghadh airson a bhith gan riochdachadh air a' Chomhairle, obair a bha a' còrdadh ris gu mòr agus air an robh e comasach.

"Chan ionann sin 's gu leòr eile a th' oirre," bhiodh e ag ràdh ri Muriel, 's bhiodh ise a' freagairt nach robh e gu math sam bith dha a bhith a' coimhead an t-saoghail anns an dòigh sin: gun robh gach duine math air rudeigin agus a bhith a' gabhail ri daoine mar a bha iad.

"Ciamar a b' urrainn dhòmhsa m' obair a dhèanamh," chanadh ise, "mura gabhainn ri daoine mar a tha iad, ged a tha sin glè dhuilich aig amannan?" Bha i a' smaoineachadh a-staigh air cùl a cinn cho duilich 's a bha e bhith a' dèiligeadh ri Calum Dhòmhnaill san ath bhaile, a bha ceithir fichead 's a h-ochd, nuair a bhiodh e a' cantainn rithe cho brèagha 's a bha i agus gu lùigeadh e oidhche a chur seachad còmhla rithe. 'S ise an treas home-help a bhathas air a thoirt dha am broinn chòig seachdainean, agus bha i air a bhith aige a-nis airson deich mìosan. Dè 'm math, chanadh i rithe fhèin, a bhith a' sùileachadh gun atharraich daoine? 'S ann a bhiodh ise an-diugh a' toirt oirre fhèin atharrachadh a rèir an t-suidheachaidh, agus bha sin a' cuideachadh rian agus foighidinn.

Bha Ailig Iain agus Muriel a' frithealadh nam meadhanan agus a' togail fianais. Bha a mhàthair-san dhen bheachd nach robh iad daingeann gu leòr, agus gun robh muinntir na h-eaglais a' faighinn às le cus san latha a bh' ann. Eadhon ged a bha Ailig Iain na èildear, dh'fhaodadh Muriel briogais a chur oirre agus failmheachain a bhith na cluasan, rud nach robh ceadaichte idir na latha-se. Chuireadh Muriel oirre na failmheachain dhan eaglais, fhad 's nach biodh iad a' cromadh sìos ro fhada gu a h-amhaich, ach cha chuireadh a' bhriogais (fhathast co-dhiù). Ged as e peacadh a bha sin aig aon àm, cha bu pheacadh an-diugh e. Bha nàdar a' pheacaidh fhèin air atharrachadh, agus nach bu mhath sin. Cha robh Ailig Iain idir a' smaoineachadh gur e rud math a bh' ann, ach dh'fheumadh e aideachadh nach robh freagairt aige nuair a chanadh Muriel gun robh am Bìoball ag ràdh gun gabhadh Dia riut ann an cruth sam bith, eadhon ged a bhiodh tu lomnochd.

"Na teirig innte lomnochd co-dhiù," chanadh e.

"Cha tèid," chanadh ise, "mus cluinn Calum Dhòmhnaill sa bhaile thall!" Bhiodh an dibhearsain aice a' còrdadh ri Ailig Iain, oir bha e fhèin buailteach a bhith trom-chridheach aig amannan. B' fheàrr leis uaireannan gun robh i na b' aimhreitiche, gus an togadh i inntinn. B' urrainn dha an uair sin sabhtag mhath a thoirt dhi leis an teanga. Ann an dòigh neònach, 's ann a bha i ga cumail shìos le cho dìblidh agus cho umhail 's a bha i. Ach 's e togail a bh' anns an dibhearsain.

An dèidh sin, bha iad dòigheil. 'S e an aon rud a bha a dhìth orra nach robh teaghlach aca. 'S cha robh e a' coimhead coltach ri gum bitheadh. Bha an dithis aca ochd bliadhna deug thar fhichead agus bha iad air a bhith pòsta ceithir bliadhna deug. 'S e seo a bh' air a chur a-mach dhaibh, ach cha robh càil a dh'fhios dè a chuireadh sealbh fhathast orra no dè a bha sna rùintean sìorraidh.

Ged a bha Ailig Iain air a bhith pòsta ron seo airson ùine gu math geàrr san aois òig ghòraich, cha robh clann air a bhith ann a bharrachd, agus mar sin bha Muriel dhen bheachd gur ann air an taobh aigesan a bha an èis. Bha e fhèin dhen bheachd sin cuideachd.

Cha bhiodh iad ag ràdh càil mu dheidhinn. Bha na faireachdainnean sin air an cumail à cuimhne, agus nam bruidhneadh aon dhiubh orra, dhùisgeadh e smuaintean na h-an-fhois eadar an dithis. Bha e na b' fheàrr a bhith sàmhach.

Ach cha do leig Muriel às a dùil, agus 's iomadh ùrnaigh a chuir i suas ag iarraidh atharrachadh na freastal, ged a bha fios agus cinnt aice nach robh càil a dh'fheum ann a bhith a' dèanamh sin.

4

Bha saidhcidh MacCumhais air deagh sheachdain a bhith aige. Bha am practas aige a' dol gu math, agus bha triùir eile air tòiseachadh a' tighinn às ùr airson gum biodh e a' dèanamh cobhair orra. Uill, nach e dòigh-beatha rianail gu leòr a bh' ann a bhith ag èisteachd ri daoine ag innse mum faireachdainnean agus an dòchasan. Ach aig a' cheart àm bha e ag iarraidh a bhith na chuideachadh dhaibh. A bharrachd air a sin, bhiodh e a' toirt taic dha oileanaich a bha a' toirt a-mach dreuchd saidhceòlais agus gan cuideachadh gu tuigse a ruighinn nan obair agus orra fhèin an lùib na h-obrach.

Am measg an leth-cheud neach a bha a-nis air na leabhraichean aige b' e boireannaich a bha san trìtheamh earrainn. Nach neònach sin, smaoinicheadh e, agus iad ag ràdh g' eil boireannaich fada nas dualtaich a bhith a' bruidhinn am measg a chèile agus ag innse dha chèile mun cuid fhaireachdainnean. Chan eil rian gu bheil, no cha bhiodh iad a' tighinn an seo. Uaireigin sgrìobhadh e pàipear air.

An teis-meadhan nan smuaintean sin chuala e a' chlag, agus thuirt Moira, tè an deasg, "Bellann Groundwater for Dr MacCuish."

Dìleas Donn

Thàinig i a-steach, còta farsaing pinc oirre, baga agus brògan faileasach dubha, broidse òir dhen t-seann nòs fo a h-amhaich, agus i a' coimhead gu math tarraingeach. Bhiodh an còmhradh a' tòiseachadh an ìre mhath sa bhad. 'S ann airson sin a bha i a' pàigheadh. Bha dùil aige a dhol na b' fhaide leatha an-diugh nam nam faigheadh e an cothrom, gun a bhith a' leigeil leatha a bhith a' triall thall 's a-bhos ann an dòigh nach robh na bheachd-san a' dèanamh feum sam bith dhi. Ged a bha i fhèin a' dèanamh dheth gun robh i na boireannach treun, bha dol aice anns an dòigh seo air esan a chumail a-mach, gun a thighinn ro fhaisg. Ach nach robh sin ann an cruth nan uile, agus eadhon na chruth fhèin?

"Siuthad," ars esan, "innis dhomh mud bheatha ann an Canada."

"Bha mo bheatha an Canada," ars ise, "glè mhath. 'S e duine solt, modhail aig an robh mi pòsta a bha airson mo chumail dòigheil aig an taigh. Ach rinn mi a' chùis air an ceann greis agus fhuair mi beatha dhomh fhìn. Chaidh mi a cholaiste gus am bithinn uidheam-aichte faighinn dhan oilthigh, agus mu dheireadh cheumnaich mi ann an nursadh. 'S mi an t-oileanach a b' fheàrr nam bhliadhna. Fhuair mi obair aig companaidh mòr a thug mo sgilean air adhart, agus an ceann cheithir bliadhna bha mi os cionn meur dhen chompanaidh a bha a' dèanamh cinnteach gun robh na nursaichean a bha ag obair sa choimhearsnachd a' leantainn ri amasan a' chom-panaidh mar bu chòir. Bha mi gu math làidir mu dheidhinn, agus thog mi siostam dhaibh air dhòigh 's gun tàinig earbsa agus moladh gu bilean a' mhòr-shluaigh mun deidhinn. Obair dhuilich, tric mì-chàilear nuair a dh'fheumadh tu cuidhteas fhaighinn de chuid dhe na nursaichean, ach sin mar a bha. Bhiodh iad a' gal nuair a bhithinn a' dèanamh sin, ach 's math a bha fios agamsa nach robh an sin ach deòir nach robh ann an da-rìribh, airson gun deighinn-sa air ais air m' fhacal.

"'S e an obair a rinn mise an sin as coireach gun d' fhuair mi dìreach a-steach gu bhith os cionn nan nursaichean an Obar Dheathain. Saoilidh mi gu bheil feagal aca romham, ach ma tha iad a' dèanamh na h-obrach, 's iad as lugha a leigeas a leas."

"Dè mu dheidhinn an duine agad?" dh'fhaighnich MacCumhais sa ghuth-shàmh.

"Bha Terry," arsa Bellann, "eadar-dhealaichte riumsa. Bha a sgoil-mhara fhèin aige. Bhiodh e a' cur iongantas air cho feagalach 's a bha mise ron uisge agus gun deach mo thogail air eilean. Chan e gun do thuig e riamh dè an seòrsa eilein a bh' ann, oir cha tàinig e riamh dhachaigh a Leòdhas na bu mhotha na thàinig mi fhìn. Bha e còig bliadhna deug na bu shine na mise. Bha e air a bhith pòsta ron siud agus bha dithis mhac aige. Tha iad an-diugh pòsta iad fhèin, agus tha mise nam sheòrsa de sheanmhair dhan chloinn aca. Tha an seanmhair fhèin aca cuideachd – Maisie. Chan eil na tha sin agamsa ri dhèanamh riutha, gu h-àraid a-nis 's mi air ais. Ach cuimhnichidh mi air na h-oghaichean sin aig amannan co-là-breith, 's uaireannan gheibh mi dealbh. Tha Maisie le a beatha fhèin aice cuideachd, ach 's iadsan na h-oghaichean aicese."

"'S iongantach," arsa MacCumhais, "mura bheil thu ag ionn-drainn Terry. Dè a dh'èirich dha?"

"Chaidh a bhàthadh. Ach cha b' e càil a dhìth sgil a bheir san sgoil-mhara: bha e cho math ri duine a bh' ann an Canada. A' mhionaid a thuirt iad rium gun deach a bhàthadh, bha fios agam nach b' e càil a bha e fhèin air a dhèanamh ceàrr. Nuair a thàinig am fios cinnteach, lorg iad gur e grèim-cridhe a thàinig air fon uisge agus nach robh dol-às aige."

"Na dh'fhairich thu barrachd air a sin?" arsa MacCumhais.

An ceann greis thuirt Bellann, "Tha fhios gun do dh'fhairich. 'Eil agam ri sin innse dhut? 'S cinnteach gu bheil fios agad fhèin gum bi daoine a' faireachdainn fann agus bochd nuair a tha iad a' call an companach. 'S e ceist ghòrach a tha sin."

Cha tug MacCumhais an còmhradh sin na b' fhaide.

"Dh'fhàg e tòrr airgid agam," ars ise. "Reic mi an sgoil-mhara agus fhuair na balaich aige fhèin na h-uimhir dhen sin mar a bha e ag iarraidh, ach 's ann agamsa a dh'fhàg e an earrann a bu mhotha. Còmhla ri sin agus an taigh againn a reic ann an Toronto, tha mise math dheth. Cha leiginn a leas a bhith ag obair idir. Agus 's mi a thig a-steach air airgead m' athar, oir cha robh ann ach mi fhìn. Ach tha mi ag iarraidh m' eanchainn a chumail subailte, tha fhios agad. Mura biodh sin, dheighinn bho fheum an t-saoghail. Tha beagan feagail orm gun tèid mi mar a chaidh m' athair. Chan eil mi ag iarraidh daoine a bhith gam bhiathadh dìreach airson mo chumail beò, gun mhothachadh, gun shubhailc."

"Dìreach sin," arsa MacCumhais.

5

Bha Muriel dripeil a' pacaigeadh baga dha Ailig Iain, a bha a' falbh a Dhùn Èideann gu coinneimh. Am measg nan rudan a bha aige ri dhèanamh dhan Chomhairle, bha e air buidheann-obrach còmhla ri comhairlichean eile bho air feadh Alba. Bha am buidheann-obrach seo air a chur air chois airson stiùir a chumail air còmhraidhean a bha a' gabhail àite eadar sgìrean Alba air fad. Bha Ailig Iain air a' bhuidheann, oir bha e na bhall dhen chomataidh shòisealachd, agus 's e fear dhe na buill a b' èifeachdaiche. Bhiodh cuid dhen fheadhainn eile a' call an grèim agus a' dol air faondradh, ach chumadh esan ris a' phuing. Bha e cuideachd a' faireachdainn gur e obair an Tighearna a bh' ann, agus gun robh e a' cur A dhòighean-san san t-saoghal am meud anns a' cheàrnaidh bhig seo. 'S e an Cruthaidhear a thug dhuinn, bhiodh e ag ràdh ris fhèin, a bhith a' gabhail cùram dhe chèile, agus càil as urrainn dhòmhsa a dhèanamh airson sin a leudachadh, uill, nì mi e. Agus cuideachd bhiodh e a' bruidhinn mu chuspairean cùraim sheann daoine còmhla ri Muriel. Bha sin ga chumail ceart air dè bha a' tachairt

24

anns an fhìor obair, an àite a bhith an-còmhnaidh a' dol a-mach air sraon aig nach biodh bun no bàrr aig a' cheann thall.

Chuir Muriel dà lèine gheal agus dà thàidh dhan bhaga, an tàidh nèibhidh le na h-iseanan beaga buidhe oirre agus tèile le riasan dearg agus nèibhidh ach gun a bhith ro nochdaidh, a bhaga sèibhig agus geansaidh. Chuir i cuideachd ann briogais shoilleir a bhiodh air feasgar gu dhiathad, oir bha e air mothachadh nuair a bha e air a bhith aig coinneamhan eile a thaobh a chuid obrach fhèin aig Siar gun robh sin air càch nuair a bha iad a' nochdadh gu dìnnear feasgar ann an culaidh nach robh cho foirmeil. Agus mu dheireadh chuir i dhan bhaga lèine phurpaidh agus aon sioft, oir bha Ailig Iain a' tilleadh an ath latha.

Thòisich a' choinneamh aig naoi uairean. 'S e tè Mrs Sim à Dùn Èideann fhèin a bha sa Chathair. Lìbhrig i còmhradh mu na bha ri dhèanamh airson sgeama ùr cùraim a thoirt a-steach a bhiodh freagarrach sna coimhearsnachdan. Dh'innis Mrs Sim gum biodh na stiùirichean a' tighinn a-steach ann an greis nuair a bhiodh na comhairlichean deiseil air an son. Bhruidhinn iad a-null 's a-nall airson mu leth-uair a' seatadh a-mach amasan a' bhuidhinn, agus an uair sin chaidh na stiùirichean a ghairm a-steach. 'S e bòrd mòr cruinn a bha san rùm, airson an còmhradh a dhèanamh na bu dachaigheil, agus bha na comhairlichean a' faireachdainn dòigheil agus riaraichte.

Aon uair agus gun do shuidh a h-uile duine, dh'iarr Mrs Sim orra innse cò iad agus dè an dreuchd a bh' aca. Bha duine bho dhuine ag ràdh an ainm agus gach duine a' feuchainn rin cumail air chuimhne. Thuirt an treas tè ann an guth Canèidianach, "Bell Groundwater. Director of Nursing Services for Aberdeen City."

Laigh sùilean Ailig Iain oirre mar gum biodh e ann an ceò. Dh'fhairich e laige a' tighinn air, ach cheannsaich e e fhèin gu math aithghearr.

Cha robh dol às aca bho chèile timcheall bòrd cruinn. Reoth iad a' coimhead a chèile. Agus nuair a thàinig airsan a ràdh gur h-esan Ailig Iain Macleòid à Leòdhas, dh'fhairich Bellann mar gum biodh a treòir a' sùghadh air falbh sìos tro a casan. Dè bha Ailig Iain a' dèanamh an seo? An e a bh' ann? 'S e a bh' ann. An ise a bh' ann? 'S i. Dh'aithnicheadh e i an àite sam bith. An tionndadh ud dhen a' cheann. Seòrsa de ghruaim le gàire fodha. An dearg-choimhead. Agus esan e fhèin leis a' ghàire, ach gun an trom-inntinn a bhith fada fodha. Dè an tionndadh chùisean a chuir seo na shlighe? Dè, arsa Bellan na ceann, a tha troimh-a-chèile an t-saoghail air a thoirt mo rathad?

Cha robh na bha sin de dh'atharrachadh air a thighinn anns na còig bliadhna deug, ach gun robh ise air a falt a dhath an dath buidhe ud a bh' air a h-uile duine an-diugh. Agus bha esan an ìre mhath mar a bha e, ach gun a bhith cho balachail. Glainneachan air a-nis gun frèama, na sùilean gorma, agus na maileanan cho bàn 's a bha iad a-riamh.

Thàinig a' choinneamh gu ceann mu dheireadh thall. Chaidh aig Bellann air cumail a' dol agus an gnothaich a dhèanamh math gu leòr. Bha i a' cur nan ceistean cunbhalach agus a' leudachadh a-mach puing an siud 's an seo. 'S nuair a thuirt Ailig Iain aig aon ìre gun robh cuid dhe na rudan a bhathas ag ràdh math gu leòr airson a' bhaile mhòir ach nach robh airson a' bhaile bhig, chuir e daoine nan tosd. Thuirt e gun robh esan gu math sgìth ag ràdh seo aig cha mhòr a h-uile coinneimh gu 'm biodh e a' dol, an dà chuid aig coinneamhan às leth na Comhairle agus às leth a' firm rathaidean dhan robh e ag obair; nach robh tuigse sam bith aig daoine a bha a' planaigeadh sheirbheisean ann am bailtean mòra cò ris a bhiodh sin coltach dhan luchd-cleachdaidh bho latha gu latha ann am baile beag air tuath Leòdhais, no 's maite air tuath sam bith. A-rithist sàmhchair. Mar gun robh e ag ràdh rud nach bu chòir, no a' cur stad air còmhradh a bha a' dèanamh adhartas gu ruige seo. Seòrsa de chnap-starra. Cha robh e a-riamh air a bhith furasta dha a bhith a' bruidhinn, co-dhiù ann an àite mar seo. Cha deach a thogail-san airson a bhith a' bruidhinn anns an dòigh sin ann. Bha farmad aige airson mionaid ri Bellann, ga cluinntinn a' togail phuingean thall 's a-bhos, ach esan nuair a dh'fhosgladh e bheul a' cur na coinneimh na tosd. Am broinn a chinn chluinneadh e a ghuth a' placadaich, a h-uile facal mar gum biodh òrd-ladhrach ga tharraing à stoc fiodha. An taca ri sin bha an guth Canèidianach siùbhlach aicese a' seòladh air uachdar a' chonaltraidh, a' toirt rudan chun na h-ath ìre, cha b' ann a' cur stad no arrasbacan mu choinneimh smuaintean chàich. Bha fhios aice cuin a dhèanadh i gàire beag airson ceist a thogail, cuin a shadadh i a ceann air ais, no cuin a bhiodh an gruaim gu feum. Cleasaiche, ars esan ris fhèin.

Ach cha b' e cleasachd a bha seo idir. Bha e a' faireachdainn lom, fosgailte, mar gun robh cuideigin bhon taobh a-muigh a' feitheamh ri ionnsaigh a thoirt air ann an an-àm.

6

"Dè a rinn thu an uair sin?" arsa MacCumhais?

"Dh'fhuirich mi ris," ars ise, "aig deireadh na coinneimh."

"'Mo chreach-s',' ars esan, 'an tu a th' ann, a Bhellann? Bheil thu gu math?' Thuirt mi ris gun robh. Cha robh càil ach sin fhèin. Dh'fhaighnich e dhomh cuin a thàinig mi dhachaigh. Thuirt e gur ann agam a bha an t-seoba math, agus gur mi a bha math air bruidhinn. Thuirt mise ris-san gun robh e a' coimhead a cheart cho grànda 's a bha e a-riamh. Thòisich e a' lachanaich, agus mise leis."

"Carson a thuirt thu sin ris?"

"Thuigeadh e fhèin siud. Cha robh ann ach facal a bh' againn nuair a bha sinn òg. A' ciallachadh gun robh e eireachdail. Thàinig na facail a-mach leotha fhèin. Agus sin e. Bha, agus cha robh, mi ag iarraidh na naidheachdan aige fhaighinn, ach cha do thuig mi gum biodh m' fhaireachdainn dha cho beò. 'S e an lachanaich aige a dhùisg sin annam, agus ghabh mi feagal. Bha mi airson fhàgail mar sin fhèin."

"Dè am buntanas a th' aige riut? Seann leannan?"

"Nas motha na sin. Phòs sinn 's sinn glè òg. Cha robh mise ach ochd deug. Nuair a smaoinicheas mi air an-diugh, bha mi às mo chiall, agus esan cuideachd. Bha mo phàrantan sean an uair sin fhèin, mo mhàthair trì fichead 's a trì agus m' athair trì fichead 's a dhà dheug. Cha leigeadh iad a dh'àite mi. Chan fhaodainn a dhol gu dannsa. Obair an dìomhanais agus na deoch-làidir. A' falbh ann a bhanaichean còmhla ri balaich aig nach robh urram dhan eaglais no dhan anam. Cha robh mise am broinn mo chinn a' creidsinn san eaglais no san anam no ann an sgeulachd a' chruthachaidh no anns an dòigh san deach Crìosd a bhreith eadhon an uair sin. Abair gun robh an sgeulachd taitneach, ach an robh iad a' smaoineachadh gun creidinn rud sam bith?

"Thuirt mi sin rim athair aon fheasgar, agus eadar sin 's na dannsan, chaidh e às a chiall. Bha e mar gum bithinn air bualadh air teagamhan a bh' aige fhèin ach air nach robh e riamh air briathran a chur. Nuair a dh'innis mi dha Ailig Iain, thuirt e gun deach mi ro fhada siud a ràdh. Carson nach b' urrainn dhomh mo theanga a chumail? 'Tha mi a' dol a dh'fhàgail na dachaigh,' arsa mise. 'Tha mi a' falbh taobheigin.'

"Cha b' e nach robh gaol agam air mo phàrantan, ach bha mi glaiste. Ged nach robh mise a' creidsinn anns an rud a bha iadsan a' leantainn, cha b' e droch creutair a bh' annam. Bha mi air a thighinn dhan t-saoghal mar a h-uile neach eile, agus dh'fhalbhainn às mar a h-uile neach eile.

"Rinn sinn an-àirde gum pòsadh sinn. Bha sinn còmhla co-dhiù.

"Chaidh mise air lathaichean-saora, ma b' fhìor, còmhla ri caraid dhomh, le airgead a shàbhail mi fo na seobaichean samhraidh 's a bh' agam sa bhanca. Thàinig Ailig Iain cuideachd, agus phòs sinn. Thàinig sinn air ais dhachaigh gu àmhghair agus àrach agus cruaidh-fhortan, a mhair os ìosal airson ùine mhòir. Thàinig sìth eadar mi fhìn 's mo phàrantan airson greis, seòrsa de shìth an-fhoiseil. Bhithinn a' dol thuca, ach bha iad fhèin agus Ailig Iain a' faighinn air adhart tòrr na b' fheàrr na bha mi fhìn 's iad fhèin. Gu h-àraidh e fhèin agus m' athair. Bha doimhneachd air choreigin eatarra air nach fhaighinn-sa faisg idir. Bidh na lathaichean sin a' dèanamh dragh dhomh nuair a choimheadas mi air ais orra: na thug mi orra fhulang agus gun càil a thuigse aca air feumalachdan deugaire, agus cha robh iad ag iarraidh aideachadh gun robh an latha air atharrachadh, a' cur feum air modhan ùra, air sealladh ùr, no nach dèanadh freagairtean an là an-dè a' chùis airson an là an-diugh.

"Ach, a chiall, bha e math còmhla ri Ailig Iain, 's sinn òg pòsta aig an taigh. Cha robh dad a' cur dragh oirnn. Bhiodh sinn a' bruidhinn air a dhol a dh'fhuireach a New Zealand, ach cha tàinig sin gu càil.

"Bha sinn a' leantainn bhuidhnean-ciùil, a' falbh a dhannsa riutha, a' cruinneachadh a dh'èisteachd ri balaich òga a' cluich meileòidiain is giotàraichean, agus bha mi fhìn air tòiseachadh a' feuchainn air a' mheileòidian agus esan air a' ghiotàr. Cha robh ach aon nighean a chluicheadh am meilòidian aig an àm sin – Muriel Mhoireasdan. Bha i dha-rìribh math air cluich. Bha blas na Gàidhlig air a cuid cluiche, agus chanadh tu gun robh i fhèin agus am bucas a' filleadh ri chèile nan aonan nuair a bhiodh i ann an àirde na ruidhle. Chanadh tu gun robh ar dualchas a' tighinn beò innte; bha a' chluich aice an dà chuid spioradail agus talmhaidh. Bheireadh i ceòl cho aoibhneach à bucas beag nam putan. Bha dithis fhireannach eile còmhla rithe sa bhand – Dìleas Donn – agus bha an ceòl aca gu lèir cho beò 's cho taitneach. Chaidh agam fhìn agus aig Ailig Iain air aon phort a dhèanamh còmhla, agus theab sinn a' bhuidheach a chur air a h-uile duine leis. 'Guma slàn a chì mi/mo chailin dìleas donn' am port a bhiodh aig Dìleas Donn mar shuaicheantas. Cha deigheadh agam air a chluich an-diugh ged a phàigheadh tu mi! 'S e Blas an t-ainm a bh' air a' bhand an toiseach, ach dh'atharraich iad e gu Dìleas Donn air sgàth gun robh an t-amhran cho mòr air a cheangal riutha. Chanaist cuideachd 'DD' riutha. Lathaichean na h-òige a bha fonnmhor agus gun chùram, 's a h-uile màireach air a ghealltainn.

"Ach am broinn na bliadhna thachair an rud nach robh dùil agam a thachradh gu bràth agus ris nach b' urrainn dhòmhsa gabhail air chor sam bith. Chaill mi mo thud 's mo thad. Thuit mo shaoghal às a chèile.

"Thàinig an cùram air Ailig Iain.

"Uill. Cha chreidinn e. Dh'fheuch mi a h-uile càil a bha nam chorp airson nach maireadh e.

"Thòisich e a' frithealadh nam meadhanan moch is anmoch Latha na Sàboind, agus a' dol dhan choinneimh-sheachdain, ag ràdh gun robh an Cruthaidhear a' bruidhinn ris agus a' toirt dha mathanas.

"'Mathanas airson dè?' chanainn-sa. 'Dè bho ghrian a rinn thu 's gu bheil thu a' cur feum air mathanas?'

"'Pheacaich mi,' chanadh e.

"'Dè tha sin a' ciallachadh?' dh'fhaighnichinn-sa. 'Chan eil ann am peacadh ach facal.'

"'Tha mi ag ùrnaigh air do shon-sa cuideachd,' chanadh e, 'bhon cha bhiodh càil ann a b' fheàrr leam na gun tigeadh tusa cuideachd gu eòlas pearsanta air an Tighearna dhut fhèin. Chan eil sinn ach mar bheathaichean snàigeach ag imeachd air uachdar na talmhainn gus am faigh sinn eòlas Airsan.'

"'Chan eil mise ag iarraidh eòlas air duine ach ortsa,' chanainn-sa. ''S ann ortsa a tha gaol agam, chan ann air cuspair nach eil ann.

Agus chan eil mise, no idir thusa, mar bheathach snàigeach.'"

"Ciamar a thachair seo?" arsa MacCumhais.

"Cha robh sinn ach ochd-deug agus aon air fhichead. Ministear ùr, a' tàladh na feadhainn òga. Ma gheibh iad thu 's tu òg, tha e nas duilghe dhut dòigh-às fhaighinn, eadhon ged a bhiodh tu ga h-iarraidh a-rithist. Bha sinn air ar pàrantan a nàrachadh le pòsadh gun innse agus le bhith 'fosgailte dhan t-saoghal mhòr,' mar a chanadh iad fhèin. Bhiodh ciont air a shiubhal-san air sgàth sin. Bha ciont orm fhìn cuideachd, ach tha na balaich nas fhaide mus tig iad gu foirfeachd a thaobh fhaireachdainnean. 'S e sin mo bheachd-sa co-dhiù.

"Uill, thuirt mi ri Ailig Iain gun robh mi a' dol ga fhàgail. Thug sin criothnachadh air. Carson a bhiodh agamsa ri mo dhòigh-beatha atharrachadh le tòiseachadh a' leigeil orm gun robh mi a' creidsinn ann an Dia, eadhon ged a bha mo charaidean ag ràdh rium gun robh gu leòr ga dhèanamh air sgàth na sìthe. ''S e an aon duine a bhiodh ann an Ailig Iain agus bhiodh gaol agad air an aon rud,' chanadh iad.

"Cha b' e an aon duine a bhiodh ann, ge-tà. 'S dòcha nach caillinn mo ghaol dha, ach cha b' urrainn dhomh a bhith beò leis an ath-leasachadh seo. Cha robh mi air a dhol faisg air sa chiad àite nam b' e siud a dhòigh-beatha. Cha bhiodh càil air a bhith againn ann an cumantas. Tha fhios agam gun robh e gasta, smaoineachail, dibhearsanach agus gu maireadh na pìosan sin dheth, ach 's e nach robh sinn a-nis a' coimhead an t-saoghail bhon aon bhunait – sin an rud. Bha sinn calg-dhìreach an aghaidh smuaintean a chèile."

"Am biodh tu air fhàgail nam b' e tinneas a bh' air a thighinn air?" arsa MacCumhais.

"Tha fhios nach bitheadh," ars ise, "ged as e seòrsa de thinneas a bh' ann. Bhiodh e a' cur feum air cobhair an uair sin, ach 's e cobhair a b' urrainn dhomh a thoirt dha a bhiodh ann. Bhithinn air a h-uile càil air thalamh a dhèanamh dha. Ach leis an rud a thàinig air, bha e air a ghabhail a-null aig daoin' eile. Daoine aig nach robh buntanas sam bith rinn, abair a-nis gun robh iad ga shireadh-san. Ga thàladh a-steach dhan chrò. Thuirt mi a h-uile càil a bha sin ris agus barrachd, ach dh'aithnich mi gun robh mi a' dol ga bhriseadh. Cha robh mi airson sin fhaicinn co-dhiù. Cha robh ann ach duine ceart, deusant.

"Daoine air am biodh sinn fhìn ag atharrais nar dithis agus a' dèanamh nan guthan aca agus a' dibhearsain mun deidhinn eadarainn fhìn: sin an fheadhainn a bha a' lùbadh timcheall air a-nis. 'S iad a-nis a bha a' riaghladh a bheatha, a' falbh leis gu coinneamhan-ùrnaigh agus e a' tilleadh fo 'throm-uallach an spioraid', mar a chanadh e fhèin. Bhithinn a-riamh dhen bheachd gur e sin an taobh dheth a ghèill, an taobh trom-inntinneach, ged a bha taobh air a bha èibhinn aighearach aon uair 's gum biodh tu dlùth dha."

"Bha e a-rèist duilich dhut fhàgail?"

"Tha fhios gun robh. Tha fhios gun robh."

"Ciamar fèar a dh'fhalbh thu?"

"Uill, cha robh air a' chruadal ach cruadhachadh ris. Agus gu dearbh chruadhaich mi. Am measg dheur is àraich is iomnaidh, thug mi mo chasan leam. Dh'aontaich sinn gun robh greiseag leam fhìn a dhìth orm, agus chaidh mi gu ruige Forres gu taigh cousin. Mar sin bha e na b' fhasa. Às a sin thàinig mi a dh'Obar Dheathain. Chuir mi steach airson sgaradh-pòsaidh, ag ràdh nach robh sinn a' tighinn air a chèile, nach robh càil againn ann an cumantas.

"Chuala mi às dèidh làimhe gun do phòs e tèile, Muriel Aonghais Bhàin. Sin agad ise a bha cho iongantach air a' mheilòidian. Chaidh ise iompachadh goirid às a dhèidh-san. Bha an rud gabhaltach. Cha do chaith Ailig Iain mòran ùine. Cha tug e fada a' faighinn seachad orm. Shaoil leam nach robh mi a' faireachdainn cho ciontach às dèidh dhomh sin a chluinntinn, ged bu tric a bha e na iongnadh dhomh, 's na bha air a bhith eadarainn."

7

Bha Ailig Iain san tagsaidh air a shlighe a-mach gu port-adhair Dhùn Èideann, riaslach na inntinn agus faireachdainnean air an dùsgadh a bha dùil aige a bha air a chùlaibh o chionn fhada. Bha còrr is còig bliadhna deug air a dhol seachad. Sna bliadhnachan mu dheireadh cha robh e air a bhith a' toirt smuain dhi. Bha Muriel air a bhith na mnaoi bhaindidh, chothromach dha. Bha i math dha mhàthair, a bha rin taobh, agus bha i a' giùlan le Seumas a bhràthair, a bhiodh a' nochdadh an-dràsta 's a-rithist le smùid air agus, nuair a bhiodh i leatha fhèin, a' cantainn rudan mar "Fàg mac na croich sin agus dèan às a Chanada mar a rinn Beileag!"

Cha robh i airson leigeil oirre mar a bha sin ga goirteachadh, agus cha bhiodh i ag innse dha Ailig Iain. Bhiodh i fhèin agus Ailig Iain an dòchas gun tigeadh atharrachadh nan gràs air agus gu sguireadh e a dh'òl 's gu faigheadh e bean.

Bha Muriel a' faireachdainn togarrach an-diugh, agus Ailig Iain a' tighinn dhachaigh feasgar. Bhiodh beagan bìdh aige à Marks dhi, agus ola à bùth na h-ola ann an Dùn Èideann. Bha i air a bhith a' leughadh mu aromatherapy agus reflexology, agus bha i an dùil tòiseachadh beag a dhèanamh le aon no dhà dhe na caraidean aice fhèin agus le Ailig Iain nam biodh e deònach.

Air a slighe a-null a Stèornabhagh ga thogail anns a' chàr bha i a' gabhail amhran math. *Tha Do rìoghachd làn de ghlòir is mòralachd faraon innt'*. Nach biodh e math, smaoinich i rithe fhèin, nam faodadh boireannaich a bhith a' cur a-mach na loidhne, no a' seinn nan laoidhean iongantach san eaglais. Nach e bhiodh math nam biodh àite aig boireannaich a bharrachd air a bhith a' dèanamh na teatha aig inductions. Ach cheannsaich i na smuaintean sin gu math luath agus i a' coimhead gun robh plèana Dhùn Èideann a-staigh. Ràinig i steach an cafaidh agus Ailig Iain fèar a' tighinn a-nuas na steapaichean.

Air an t-slighe dhachaigh sa char, agus esan air a' chuibhle, 's ann trom-inntinneach bha i ga fhaighinn.

"Dè mar a chaidh cùisean?" ars ise.

"Cha robh," ars esan, "a' choinneamh cho math 's a bha dùil agam."

"An deach agad air càil a ràdh?" ars ise.

"Chaidh," ars esan, "ach cha bhi iad ag èisteachd ri mo leithid-sa ann. 'S iad na nursaichean 's na dotairean a tha a' riaghladh, agus tha iad rag mu chùisean sòisealta. Gu h-àraidh cùisean sòisealta air eilean mara."

"Tà," arsa Muriel, "na leig thusa às do ghrèim – tha thu a cheart cho math ri duine san t-sreath. Cha bhithist air do bhòtadh air mura robhas gad fhaicinn comasach. Tha mi creidsinn nach robh duine an sin a dh'aithnich thu?"

"Cha robh."

"Tà, mar as fhaide a bhios tu a' dol ann, 's ann as motha a dh'fhàsas tu eòlach. Nuair a gheibh thu a-steach air duine no dithis, èistidh iad riut."

Ràinig iad dhachaigh le facal a-null 's a-nall, agus dh'fhairich e beagan faochaidh nuair a fhuair e a bhroinn an taighe agus a shuidh e na shèithear fhèin, mar gun robh e air ais còmhla ri seann eòlach a dh'aithnicheadh a chuid dhòighean agus a ruigeadh còrdadh air an son.

Fhad 's a bha iad a' gabhail an teatha bha i ag innse dha naidheachdan a' bhaile. Bha Anndra agus muinntir Alasdair air a dhol a-mach air a chèile mu lot, agus bhathas air faighinn a-mach gun robh an dà theaghlach air sgur a chòmhradh ri chèile. Cha robh sin cho math agus gur e nàbaidhean bun na h-ursainn a bh' annta. Bha am bàs cuideachd sa bhaile: banntrach Bò-fig aig a' cheann a-staigh. Bhiodh aig Ailig Iain ri dhol ann chun nan Leabhraichean a-nochd fhathast.

"Tha mi creids nach bi thu a' faireachdainn coltach ris," arsa Muriel, "'s tu sgìth às dèidh do thurais. Ach tha na rudan sin rin dèanamh, 's tha e cho math fhaighinn seachad."

Thug esan dhi na botail bheaga ola às a' bhaga, agus rinn iad beagan dibhearsain mu dè a ghabhadh àite a-nochd fhathast nan cleachdadh i iad. Dh'fhaighnich i dha na chuir e air an lèine phurpaidh airson na dìnneir, agus thuirt e nach deach e gu dìnnear, gum b' fheàrr leis a bhith leis fhèin san taigh-òsta a' dèanamh beagan obrach dha Siar. Bha Muriel a' faireachdainn toilichte gun robh i air a h-uile càil a dhèanamh gu math, agus ged nach deach e chun na dìnneir gun robh culaidh chothromach aige na chois nam b' e 's gum b' e sin a roghainn.

✳ ✳ ✳

Bha an ath choinneamh gu bhith ann ann am mìos eile. An ceann nan ceithir seachdainean chaidh am baga a phacaigeadh a-rithist, agus chuir Muriel chun a' phuirt-adhair e. Ràinig e an taigh-òsta ann an Dùn Èideann agus fhuair e pàipear. Chuir e fòn gu Muriel gun robh e air buannachd.

Thòisich e a' leughadh nam pàipearan-obrach a bh' air a thighinn thuige a' mhadainn sin fhèin air a' phost. Pàipearan air an ullachadh le na proifeiseantaich, air an robh iadsan – ma b' fhìor, na bheachd-san – a' cumail srian. Chaidh e tromhpa luath. Bha fios aige dè a bha e a' lorg, agus an sin nam measg fhuair e e: *Urban/Rural – Aspects of nursing care provision by Bell Groundwater.* Thòisich e ga leughadh. Bha i air na puingean a bha e fhèin air a bhith a' cur air adhart an triop mu dheireadh, ach dha nach robh duine air a bhith a' toirt èisteachd (shaoil e), a thaghadh, agus bha i air leudachadh air a sin airson coimhead ri cùram ann am bailtean beaga tuathail agus air feuchainn ri modail a dhèanamh a fhreagradh air an t-suidheachadh sin, an coimeas ri dòighean-obrach a fhreagradh baile-mòr.

Bha i a' moladh gum bu chòir seminar a chur air chois a choimheadadh ri na puingean sin ann am farsaingeachd, ach ann an doimhneachd cuideachd. Bu chòir, ars an aithisg, muinntir bhailtean beaga a bhith an làthair, agus bu chòir dhan t-seminar a bhith air a chumail ann an àite tuathail, 's dòcha a-mach à Dùn Èideann.

Mus do chaidil Ailig Iain an oidhche sin, leig e dha inntinn a dhol seachad air puingean bho a bheatha tràth còmhla ri Bellann. Bha a chrè riaslach fhathast nuair a dhèanadh e sin, rud nach robh a' tachairt ach fìor ainneamh. Smaoinich fhèin, ars esan na cheann, m' fhàgail airson gun ghabh mi taobh an t-soisgeil. Cha robh e riamh ach gu math dhi, agus cha tàinig e steach air gun tachradh a leithid dha. Nam biodh e air a bhith ga pronnadh, no a' dèanamh dìmeas oirre, no air a bhith na rabhc le deoch, uill, thuigeadh e sin, ach fhàgail airson obair an spioraid agus na fìrinn, rud a thàinig na bheatha gun fhaighneachd. Nach bu neònach gur ann sna seirbheisean-cùraim a rinn i ainm dhi fhèin, seirbheis a bha ag iarraidh iochd agus truas a bhith air a cùl. Ach tha fhios gun canadh i fhèin, ma bha i fhathast mar a bha i, nach robh monopoilidh aig Crìosdaidhean air iochd, agus gu deimhinn gun robh gu leòr dhiubh a bha gu tur às aonais.

Ach bha esan fortanach gun robh Muriel air a h-ùr-iompachadh mar e fhèin caran mun aon àm. Cha dìochuimhnicheadh e a-chaoidh i ann an Dìleas Donn, agus i fhèin agus am bucas beag mar gum biodh iad a' dol a sgèith. Ach nuair a thòisich e a' toirt sùil às ùr oirre san eaglais agus i air am bucas beag a-nis a chur an dara taobh airson slighe na glòir a leantainn, bha e dhàsan mar gum biodh an Tighearna air a cur ann mu choinneimh. Bha i bòidheach ann an dòigh chiùin, leis an fhalt fhada dhonn-bhàn a bh' oirre an uair sin; cha robh an lasair a bh' ann am Bellann innte, ach bha i na mnaoi mhath agus a' coimhead às a dhèidh-san le dùrachd. Chitheadh e furasta gu leòr dè bu choireach gun robhas ga h-iarraidh cho tric na Home Help.

Mus do chuir e dheth an solas airson tàmh na h-oidhche, leugh e earrann às a' Bhìoball. Bhiodh Muriel an-còmhnaidh a' cur Bìoball dhan bhaga aige. À leabhar Rut. "Na iarr orm d' fhàgail no pilltinn o bhith gad leantainn . . ." Rinn e an uair sin ùrnaigh. Ach cha robh a chadal ach briste, luaineach, agus cha robh e aig fois.

8

An ath mhadainn ann an rùm a' bhùird chruinn, ràinig e tràth, mar as trice a bhitheas le daoine a th' air siubhal astar. Cha robh duine a-staigh ach i fhèin. Dh'fhairich e leum na bhroilleach, agus am faireachdainn fuar-fhallasach a bha siud a-rithist. Bha i an siud, a falt an-àirde an-diugh, ach beagan a' tuiteam aig na cliathaichean, agus aodach buidhe oirre.

Cha robh fhios aice dè dhèanadh i. Bha beachd aice air oir a h-inntinn gum biodh esan tràth, ach cha robh i air gu leòr smuain a thoirt dhan ghnothaich no dha dè a chanadh i. Nuair a thàinig e a shuidhe ri a taobh agus a rug e air làimh oirre agus a choinnich an sùilean, thàinig an laige a bha siud dha na casan a-rithist.

"Dè tha thu air a bhith a' dèanamh fad nam bliadhnachan?" ars esan. "Bheil thu gu math? Seadh, Groundwater agus còmhradh Canèidianach!"

An tionndadh ud dhen cheann aice a-rithist. A làmh a' togail suas nam bileagan fuilt a bh' air tuiteam. Dh'fhairich Ailig Iain coltach rin togail cuideachd, mar a bhiodh e a' dèanamh uaireigin. Sàmhchair.

"Tha mi air a bhith gu math dripeil," ars ise, "mar a chì thu, no cha bhithinn an seo. Ach tha mi gu math. Tha mi gu math. Tha thu fhèin a' coimhead gu math. Seadh, air a' Chouncil! Pillar of society, tha mi creids!" Thàinig an ath dhuine a-steach agus stad an còmhradh mar sin fhèin, agus an ath dhuine, gus an robh an rùm làn agus Mrs Sim air ais air ceann gnothaich.

Chaidh iad tro phàipear Bellann am measg rudan eile, agus às dèidh deasbad chaidh aontachadh gum bu chòir buidheann sònraichte a chur air chois airson na puingean a bha sa phàipear a thoirt air adhart: Bellann fhèin, John Black às na Crìochan, Ann Hughes à Glaschu agus Ailig Iain, a chaidh a mholadh le Bellann, seach gur e a thog a' phuing an toiseach.

Thòisich Ailig Iain a' faireachdainn fann, ach sgioblaich e a smuaintean. Bhiodh seo cus dha. Cha robh e a-riamh air rud mar seo, agus bha eagal a' tòiseachadh na chnàmhan mu rud bho rud. "Chan eil mise airson a dhol air idir," thuirt e. "'S iad na proifeiseantaich fhèin as fheàrr air na cùisean sin, agus co-dhiù bidh am fiosrachadh a chuireas iadsan ri chèile a' tighinn thugainn air ais an seo mus tig sinn gu co-dhùnadh sam bith." Mar sin, cha deach ach triùir a chur air a' bhuidheann.

Agus a' coiseachd a-mach còmhla aig an deireadh, thuirt i ris, "Dè tha ceàrr ort co-dhiù, 's gur tusa a thog an cuspair?"

"Cha b' urrainn dhomh obrachadh còmhla riutsa. 'S math a tha fhios agad air a sin," ars esan. "'S fhada bho sguir sinn a dh'obrachadh còmhla. 'S dòcha aig a' cheann thall gu leigeadh tu sìos mi agus gun dèanadh tu amadan dhìom. Tha na lathaichean sin seachad."

"Feumaidh tu na rudan pearsanta sin a chur air do chùlaibh," arsa Bellann. "Dè 'm math dhut a bhith ag àrach gamhlas mar sin, agus na lathaichean sin seachad? 'S e tha seo ach obair aig àrd-ìre phroifeiseanta, agus creanaidh an sluagh air ma tha sinne a' bidsigeadh mar sin. Grow up, Ailig Iain. Tugainn gu cofaidh."

Mun àm san robh i air an cofaidh òrdachadh, bha Ailig Iain air ciùineachadh. 'S ann a dh'fhairich e an seann tàladh thuice, agus b' e sin a chuir às a rian e. "Siuthad," ars esan, "innis dhomh a-rèist dè tha thu air a bhith ris gu ruige seo. Chunnaic mi sa phàipear gun do bhàsaich do mhàthair bho chionn grunnan bhliadhnachan. Bheil d' athair beò fhathast?"

Agus dh'innis esan dhìse mu Mhuriel agus, le gàire, gun robh e fhèin a-nis na èildear san eaglais, gun robh Muriel a' tòiseachadh air aromatherapy, gun robh Seumas a bhràthair agus a mhàthair fhathast a' fuireach rin taobh, gum biodh Seumas fhathast a' gabhail smùidean.

"Na chùm Muriel a' dol am meileòidian?" arsa Bellann.

"'S math tha fhios agad nach biodh sin ceadaichte," ars esan. "Tha fios agad deamhnaidh math nach b' urrainn dhi a bhith a' falbh nan dannsan a' cluich ann an Dìleas Donn agus i air slighe eile a roghnachadh." Cha tug i na b' fhaide e. Dè an diofar dhìse mu na rudan sin an-diugh. Na seann argamaidean – na h-aon fhreagairtean.

"Chan eil teaghlach againn," ars esan, "nas motha na bh' againn fhìn. 'S iongantach gur h-urrainn clann a bhith agam agus mi air fàilligeadh le dà bhoireannach. An robh Terry idir ag iarraidh teaghlach?"

"Bha teaghlach aige," ars ise, "bhon chiad bhean. Rinn sin fhèin a' chùis dhàsan." Agus a' bruidhinn a-null 's a-nall mar sin, agus an cothachadh air a thighinn gu sìth, dh'aontaich iad gun robh e math a chèile fhaicinn, agus gur cinnteach gum b' urrainn dhaibh a bhith rèidh.

9

"Dè cho fada 's a tha thu a' dol a chumail seo a' dol?" arsa saidhcidh MacCumhais. "Saoil an ann a' suirghe air a tha thu?"

Thòisich Bellann a' gal. Bha i a' gal airson ùine mhath.

"Tha mi," ars ise, "air a thighinn gu ìre nam bheatha far a bheil mi a' faireachdainn falamh – chan ann idir falamh a thaobh rudan a bhith agam ach a thaobh lànachd agus gun neach agam dhomh fhìn. Cha b' urrainn dhomh a bhith beò san t-saoghal sa bheil Ailig Iain beò, le bean bheag bhrèagha umhail a tha tòrr nas fheàrr dha na bhithinn-sa. Agus e cho toilichte gu bheil e na èildear!

"Nuair a dh'fhàg mise Ailig Iain, cha robh e fada sam bith gus na dh'aithnich mi gun robh mi trom. Bha mi cho diombach mun a h-uile càil a bh' ann is gun ghabh mi steach a chlionaig a dh'Obar Dheathain agus gun dh' iarr mi, agus gun d' fhuair mi, casg-breith. Bha e furasta gu leòr dhomh fhaighinn, oir dè bh' annam ach nighean leatha fhèin aig toiseach a beatha, agus bha fios a'm cuideachd nam biodh an leanabh air a thighinn dhan t-saoghal

43

nach b' urrainn dhomh bhith air dealachadh ris. Mar sin, cha tàinig uchd-mhacachd a-steach dhan chùis. Tha an rud a rinn mi air a bhith gam leantainn fad mo bheatha, oir bha an ginead air a thighinn gu ìre. Bha e ceithir seachdainean fichead. Ged as e mise a shir agus a ghabh an casg-breith, agus nach robh fhios aig Ailig Iain air càil mu dheidhinn, bha esan ri choireachadh cuideachd le mar a dh'adhbhraich e ar beatha a dhol tuathal, air sgàth mì-shealbh de chreud. Bidh mi a' cur na coire airsan cuideachd. 'S dòcha gun do rinn sin na b' fhasa dhomh a ghiùlain. Ach dè 'm math a tha sin? Tha na h-amannan sin seachad.

"Tha a h-uile càil a tha seo a' cumail a' chadail bhuamsa. Tha mi gam fhaighinn fhìn a' feitheamh ri àm na h-ath choinneimh seach gu bheil fios agam gum bi e ann, eadhon ged a tha fios agam gur e duine lag a th' ann agus gu bheil beatha shuidhichte aige. Aig a' choinneimh mu dheireadh bha mi a' coimhead oir na cluaise aige, am pìos beag a tha a dhìth oirre, agus a' cuimhneachadh mar a bhithinn ag ràdh ris gur e siud am pìos a thug an Cruthaidhear far na cluaiseadh aige ach gun chuir e air a shròin e agus gur e siud a bha a' dèanamh na sròine aige cho fada! Chanadh esan gun tug an Cruthaidhear pìos far na chluaiseadh aige gus nach fheumadh e èisteachd ris an ròpaireachd agamsa. 'Ma tha i a' toirt oilbheum dhut, geàrr dhìot i,' chanainn-sa. 'Am faigh mi siosar?' Tha na smuaintean sin mu na lathaichean a bh' ann gus cur às dhomh."

"Uaireannan," arsa saidhcidh MacCumhais, "chan e na rudan a chaidh seachad a bhios a' cumail a' chadail bhuainn idir, ach na rudan a tha sinn a' cur romhainn a dhèanamh."

10

———⇒●⇐———

Thill Ailig Iain dhachaigh mar a b' àbhaist. Dh'inniseadh e
beagan dha Muriel mu na coinneamhan, agus bha i a' feuchainn
ri faighinn a-mach dè fèar mar a bha seo a' dol a bhualadh orrasan a
bha a' faighinn agus a' toirt seirbheis seachad. Dh'innis e gun deach
a thaghadh airson buidheann-obrach agus gun dhiùlt e. B' fheàrr
leatha gum biodh e air aontachadh.

Bha gnothaichean na Comhairle agus na h-eaglais ga chumail
a' dol, ach bha e daonnan a' feitheamh ri àm na h-ath choinneimh
an Dùn Èideann. Bha e cho math dha aideachadh dha fhèin carson
a bha seo. Bha e ag ràdh ris fhèin gur h-iongantach gun robh aig fear
ach aon bhean ann an saoghal an t-soisgeil, agus gur e sin a' chiad
bhean. Mar sin, fhuair e air dòigh fhaighinn a bha a' dèanamh
an uallaich a bh' air a shiubhal na b' fhurasta a ghiùlain. 'S e sin,
nan cleachdadh tu am facal 'furasta' ann an suidheachadh doil-
gheasach.

'S e sin an rud a bha math mu dheidhinn na Fìrinn. 'S fhada bho
thuirt Bellann sin ris ann an lathaichean tràtha an iompachaidh

45

gu faigheadh tu 'Fìrinn' a fhreagradh air rud sam bith a thogradh tu fhèin. "'S fheàrr leam fhìn," chanadh ise, "rannan bàrdachd nam bàrd Gàidhealach. 'S iad sin a bhios a' tighinn a-steach ormsa bho àm gu àm, airson suidheachadh a mhìneachadh dhomh, no cofhurtachd a thoirt dhomh. 'S chan eil mi dhen bheachd gur e duine a tha a' bruidhinn rium no gu bheil teachdaireachd ann dhomh."

Seach gun robh bliadhnachan air a dhol seachad agus e air tlàthachadh air sgàth na h-aoise, ged nach robh e fhathast ach ochd deug thar fhichead, agus gun robh boil an iompachaidh mhòir air traoghadh beagan, shaoil leis gur dòcha gun robh puing aice a thaobh na Fìrinn. Ach cha deigheadh e na b' fhaide na sin leis.

Bha Muriel a' gabhail roimhpe leis an aromatherapy. Bha i air beagan trèanaidh a dhèanamh tron phost air cùrsa a chunnaic i sa phàipear agus bha i deiseil airson tòiseachadh air a ceann fhèin. Bha i air sanas a chur dhan phàipear-naidheachd agus bha a' chiad duine a' tighinn thuice ann am mìos. Bhiodh Ailig Iain air falbh aig an àm sin, agus bheireadh e thuice air ais tuilleadh ola agus spìosraidhean a bhiodh gu feum. Bha an rùm-cùil aice air a dhèanamh a-mach le bòrd a dh'aon ghnothach, bha sgeilp aice le na cungaidhean, agus ciste bheag fhiodha a bha Ailig Iain air a dhèanamh dhi airson a bhith a' gleidheadh nan tubhailtean. Uaireigin 's dòcha gun cuireadh iad a-mach air an taigh agus gum biodh clionaig beag agus rùm-feitheimh aice le spìosraidhean agus siabainn a dhèanadh i fhèin. Ach cha robh an sin ach aisling, a thigeadh gu buil, 's dòcha, a rèir 's mar a dheigheadh dhi.

Bha i gu math riaraichte le a beatha. Bha i air a lìonadh le dùbhlain às ùr agus bha i ga faighinn fhèin a' fàs. Aig ochd deug thar fhichead dh'fhaodadh gu leòr leudachaidh a bhith roimhpe fhathast. Bha saoghal an aromatherapy air seallaidhean ùra a thoirt dhi, mar a b' urrainn dhad chorp dèiligeadh ri doilgheas ma bha thu a' coimhead às a dhèidh, agus mar a b' urrainn dhad eanchainn a bhith beothail le cungaidhean nàdarrach. Bha i a' faighinn Ailig Iain rudeigin trom-inntinneach na lathaichean seo, ach bha i a' dol a dh'fheuchainn an aromatherapy air airson oidhirp a dhèanamh air a thogail agus a shocrachadh.

Mura bitheadh esan, bhiodh ise lom – agus bha i airson fhaighinn air ais gu bhith togarrach.

11

'S ann aig a' cheathramh coinneimh a thàinig cùisean gu aon 's gu
dhà. Bellann a' stiùireadh ghnothaichean ann an àite Mrs Sim,
a bha tinn. Bha i a' toirt cothrom dha Ailig Iain a bhith a' tighinn
a-steach a leudachadh air na puingean aige, seòrsa de cheilearadh
proifeiseanta eatarra. Esan a' faireachdainn mar gum biodh e air
sgòth, a' bruidhinn air pròiseactan a ghabhadh a dhèanamh aig an
taigh, a' dol dàna le argamaid agus a' faireachdainn ealanta, mar
a bhiodh e a' faireachdainn aig na coinneamhan-ùrnaigh anns na
lathaichean tràtha. Chanadh tu nach robh san t-saoghal ach e fhèin
agus i fhèin a' seòladh na cruinne, a' falbh air astar sgiath, a' togail
bàrdachd shòisealachd agus shaidhceòlachd airson ciorraman
luchd-feuma an t-saoghail.

Chaidh iad gu cofaidh mar a b' àbhaist, agus an uair sin cuairt
a-mach chun na tuath sa chàr aicese. Cha robh Ailig Iain a-riamh
air a bhith eadar Glaschu 's Dùn Èideann san dòigh seo, agus
dh'aontaich e a dhol ann cho luath 's a mhol i a leithid a rud. Mun
àm a ràinig iad Linlithgow 's a bha iad air sùil a thoirt timcheall

48

a' chaisteil, bha iad deiseil airson biadh. Bha fios aig Bellann air àite-bìdh beag càilear an sin, agus nuair a chaidh innse dhaibh gun robh bòrd saor, shuidh iad.

Bha iad air ais ann an lathaichean an òige, na lathaichean saora, taitneach mus tàinig a' mhì-riaghailt. Bha iad aoibhneach, dibhearsainneach, gàireach, a' cuimhneachadh air siud 's air seo. Cha robh smuain air a bhith aca bho chrìochnaich a' choinneamh ach dhaib' fhèin.

"Bheil cuimhn' agad," arsa Bellann, "a' bhliadhna a dh'fheuch mi ri seinn aig a' Mhòd?"

"Tha," ars esan. "Thuirt iad riut gun robh do Ghàidhlig rudeigin piullach, agus do ghuth rudeigin bìogach! Bha iad ceart. Tha do ghuth fhathast bìogach. Tha mi 'n dòchas nach eil thu a' dol a sheinn airson do dhiathad a phàigheadh!"

"'S tusa as dualtaich seinn," ars ise, "agus tu air dà ghlainne fìon a ghabhail. Agus chan e bìogail a bhiodh an sin ach tàirneanaich." Lachanaich agus onghail, coinneachadh shùla cheilearach, agus air ais dhan chàr.

Nuair a ràinig iad taigh-òsta a' Charltoin ann an Dùn Èideann, chaidh iad a-steach dhan bhàr mhòr, agus shuidh iad aig bòrd thall ann an oisean. Bha an t-àite làn, eadar teaghlaichean, luchd-tadhail, corra Ameireaganach, agus corra dhithis mar iad fhèin a bha còmhla airson adhbhar air choreigin. Bha Bellann cho cofhurtail còmhla ris agus cho abhchaideach, mar gum biodh mògag mhòr ga cuartachadh a' cumail blàths agus taic rithe. Bha an t-seann sradag aig bun na h-èibhleig deiseil gu lasadh agus a h-iathadh. Ghabh ise dà ghlainne gin agus ghabh esan dà dhrama.

Rinn sin a' chùis.

* * *

Nuair a dhùisg iad sa mhadainn, bha Ailig Iain làn ciont, agus bha Bellann mar gum biodh i air slànachadh mòr fhaighinn dha spiorad iarganach. Bha cuimhne aca air gach cùil agus ceall ann am bodhaigean a chèile, mar gu ruitheadh tu air seanchas no ceòl bho aois eile no àm eile, a bha agad paisgte am broinn do chinn ach nach robh thu air a chluinntinn bho chionn fhada.

12

Cha dìochuimhnicheadh e a-chaoidh a' ruighinn dhachaigh an ath latha. Bha a cheann goirt bho bhith a' gabhail drama às annas, bha e ag ràdh ris fhèin, a' feuchainn ri dubhadh às gun do ghabh càil eile àite. Bha a chridhe goirt. Bha a chasan goirt. Shaoil leis, am feasgar foghair ud a' tilleadh, gun robh a' bheatha air a thighinn às. Shaoil leis gun robh e air a dhol beag am broinn a chuid aodaich, no gur e aodach chuideigin eile a bh' air.

Cionnas a thachair an rud a thachair? Ciamar a b' urrainn dha coimhead ri Muriel san t-sùil, ise a bha cho fritheilteach air, ise a bha a' cumadh a beatha fhèin gu tur dhàsan? Uill, chan fhaigheadh i a-mach. Cha tachradh siud tuilleadh. Cha robh càil a-riamh nach do dh'innis e dhi – uill, an ìre mhath co-dhiù – ach dh'fheumadh e dèanamh cinnteach nach ruigeadh fiosrachadh sam bith i a bhiodh na chron dhi.

Nuair a bha e air a' phlèana agus a thog i a sròn dhan adhar, bha laigse nan cas a' fàs na bu mhiosa agus thionndaidh a stamag le gòmadaich.

Mar a b' fhaisge a bha am plèana a' tighinn air Leòdhas agus mòinteach mhòr àlainn a shinnsreachd na sìneadh suidhichte agus rèidh fodha, mhiannaich e gun tigeadh am bàs ga iarraidh.

Chuir Muriel umhail air sa bhad. Bha tuar air, agus bha e mar isean leònte, mar gun robh e fann air a chasan.

"Na tig faisg orm," ars esan, "mus glac thu an treamhlaidh a tha seo. Tha mi air a bhith tinn bho raoir, agus cha b' ann na b' fheàrr a bha mi sa phlèana."

"Thèid thusa," ars ise, "dìreach dhad leabaidh, 's gheibh thu seachad air. Cuiridh mise dheth an dithis a bha a' dol a thighinn feasgar airson aromatherapy, gun fhios nach bi thu a' cur feum air dad. Gheibh mi air seallltainn às do dhèidh."

Bha e na leth-chadal sa chàr, agus cha do chuir i cuideam sam bith air. Cha bu chaomh le duine sam bith ceistean nuair a bhiodh iad tinn. Rinn i gàire beag rithe fhèin, a' smaoineachadh cho eadar-dhealaichte agus a bha fireann agus boireann. Na fireannaich nam beachd fhèin ri uchd bàis nam faireadh iad grèim nan stamaig, ach na boireannaich daonnan a' cumail a' dol, oir bha iad na b' eòlaiche air an cuirp agus air am faireachdainnean. "Thèid thu," ars ise, "dhan rùm-chùil gus am faigh thu sin seachad." Bha leabaidh air a dèanamh an-àirde an sin an-còmhnaidh, agus bha e mar chleachd-adh aca a bhith a' dol air leth nam biodh an dàrna duine tinn.

Cha do chuir Muriel dragh air airson a' chòrr dhen latha ach dìreach a' toirt sùil bho àm gu àm ach an robh e ag iarraidh càil. Cha robh, agus cha bhiodh gu màireach.

Bha Ailig Iain ann an sloc na mì-mhisneachd agus na dòrainn. Bha fhios aige gur e e fhèin bu choireach, ach aig an aon àm cha robh e na bheachd-san cho sìmplidh ri sin. Bha Bellann ri a coireachadh cuideachd: nach b' ise a dh' iarr air a bhith a' tighinn gu cofaidh às dèidh nan coinneamhan, nach b' ise a dh'òrdaich fìon leis a' bhiadh, agus nach b' ise a dh'iarr air a thighinn air ais dhan taigh-òsta far an robh i a' fuireach? Nach b' e Eubha a thug air Àdhamh an t-ubhal ithe? Uill, cha deigheadh e cho fada ri sin. Cha robh na h-eaglaisean fhèin ag iarraidh a bhith a-mach air a sin mar a chleachd. Cha robh e gu math sam bith a bhith a' toirt na feallsanachd sin a-steach dhan chùis. Cha robh ann ach sgeulachd air mar a chaidh an saoghal a chruthachadh. An dùil an robh sgeulachd cruthachaidh aig na Gàidheil fhèin mus do ghabh iad ri fear an Ear Mheadhanaich? Dh'fheumadh e sgur a smaoineachadh mar sin. Bha e air a dhol droil le ciont, àmhghair agus an-shocair.

Chaith Muriel an latha a-muigh san leas. Bha i air na home helps a dhèanamh sa mhadainn mus deach i chun a' phlèana, agus bha cothrom aice sgioblachadh a dhèanamh air cuid dhe na lusan a bha iad air a chur bho chionn dà bhliadhna. Chòrdadh e rithe leas spìosraidhean a bhith aice an àite a bhith a' faighinn feadhainn à àiteachan eile, agus bha dùil aice iarraidh air Ailig Iain àite a chomharrachadh dhi far am feuchadh i dè an fheadhainn a ghreimicheadh.

Bha i an sin gu ciaradh an fheasgair. Thug i sùil a-steach airsan mus deach i mu thàmh, ach shaoil leatha gun robh e na chadal 's cha do chuir i dragh air.

Chuir iad seachad an deireadh-seachdain mar sin, esan a' fàs na bu làidire, agus seach nach robh e buileach seachad air, thuirt Muriel nach deigheadh iad dhan èisteachd Latha na Sàboind idir.

13

"An robh dùil agad idir gun robh sin dualtach tachairt?" arsa MacCumhais – an rud a bha cho soilleir dhàsan na inntinn ri gealach abachaidh an eòrna.

"Uill," arsa Bellann, "chan eil fhios a'm. Chan eil teagamh nach eil Ailig Iain air atharrachadh no air maothachadh: obair na h-aoise, tha mi creidsinn, agus obair a' ghliocais. 'S dòcha gu bheil a bhean air a dhòigh a lorg. Le mar a bhios iad a' faicinn an t-saoghail bhon aon bhunait, bidh e nas fhasa dhan dithis aca gun a bhith cho teann. 'S ann a tha an dòlas ann nuair a dh'atharraicheas aon neach agus a tha an neach eile dìreach a' leantainn air sgàth na sìthe. 'S fheàrr leotha am prionnsapalan a thrèigsinn air sgàth 's nach eil iad a' faicinn ach aon dòigh air a bhith beò. Chan e fear is bean is teaghlach an aon dòigh air a bhith beò idir. Bidh iad ag ràdh gur e sin an dòigh as fheàrr air clann a thogail, ach tha sinn a' coimhead mun cuairt oirnn clann a tha cho snog agus cho tarraingeach is iad air an togail, cuid gun athair, no le màthair eile, seach gun do dhealaich am pàrantan. Agus tha feadhainn eile glaiste eadar phàrantan nach eil a' faighinn air adhart airson diofar adhbhair, agus a tha gu math mì-dhòigheil. Chan eil aon freagairt ann air càil. Diofar fhreagairtean nad bheatha a rèir do shuidheachaidh, agus sin bho aon àm gu àm eile."

"'Eil thu a' smaoineachadh gun innis e dha bhean mar a thachair?"

"Aig sealbh tha brath. Chanainn nach innis. Saoilidh mi nach fhaigheadh i seachad air, gu h-àraid mar a tha iad air am beatha a thogail. Saoilidh mi cuideachd gum bi fìor dhuilgheadas aigesan aig na coinneamhan-ùrnaigh na sheasamh le daoine eile ga èisteachd agus a' coimhead ri misneachd bhuaithe sna h-ùrnaighean. Ach 's dòcha gu faigh e dòigh air choreigin air dìochuimhneachadh mu dheidhinn no a chur an dara taobh."

"Am faigh thusa? Am bi do chogais ag ràdh càil riut fhèin?"

"Tha an dithis againn ri ar coireachadh. Ann an dòigh chan eil mo chogais gham dhìteadh, agus ann an dòigh eile tha; 's e dìreach rud a thachair a th' ann. 'S e Muriel as motha a th' air mo chogais-sa. Cha robh cothrom againn air. Dè bh' annainn an oidhche ud ach cupall a bh' air a bhith pòsta uaireigin agus aig an robh gaol air a chèile agus aig a bheil fhathast, de sheòrsa, a-muigh air oirean na cuimhne?

"Thuirt e rium an oidhche ud gur mi a bhean ann an sùilean Dhè, gur mi a chiad bhean-phòsta, ged a bha cèile eile aige air an robh e cuideachd gràdhach. Cho luath 's a chuala mi 'ann an sùilean Dhè', dh'aithnich mi gur e leisgeul a bha e a' dèanamh a thigeadh air fhèin airson gum biodh na bha na dhùil na b' fhasa dha. Bha cùisean air a dhol ro fhada an uair sin eadar fìon agus biadh agus dramaichean agus deagh-ghean is nach robh dol às bhon 'rud a bh' air a chur a-mach dhuinn', mar a chanadh e fhèin."

"Cuimhnich gum bi coinneamhan eile ann," arsa MacCumhais.

"Feumaidh tu cur romhad dè tha thu a' dol a dhèanamh. Chan eil
math dhut a bhith a' gabhail pàirt ann am pòsadh a tha stèidhichte
agus diongmhalt. Dè an ceann-uidhe a tha agad? A bheil thu idir
air dòigh-beatha fhosgladh dhut fhèin? Chan fhaigh thu a-chaoidh
an rud a bh' agad nad òige air ais. Chan eil thu òg. Tha sin seachad.
Am faod thu idir a bhith càirdeil ris, agus 's dòcha ri Muriel fhèin
cuideachd?"

Ciamar, ars ise a-staigh na ceann, nach eil fiù saidhcidh
fhèin a' tuigsinn? Cha dearcadh MacCumhais, Ailig Iain, no aig
amannan i fhèin, air an earrainn dhìomhair ud a bha na broinn air
nach ruigeadh reusan no ciall, an earrann sin a bhiodh i a' cumail
aice fhèin 's a bhiodh gach neach a' cumail aca fhèin, a bha gad
dhèanamh air dhòigh 's nach fhaigheadh duine gu tur faisg ort mus
tigeadh sgàineadh 's nach b' urrainn dhut a' chùis a dhèanamh.
Am pàirt a bha gad shaoradh bho bhith a' dol às do chiall nuair a
thigeadh fìor dhoilgheas, am pàirt a bha ag ràdh, Seo mise: gabh
rium no na gabh.

"Chan eil fhios a'm," ars ise.

"Cuin a tha an ath choinneamh ann?"

"Sia seachdainean eile."

14

"Carson a tha na coinneamhan sin a' dèanamh uimhir de dhragh dhut?" arsa Muriel.

"Chan e siud m' àite-sa; 's e m' àite-sa bhith aig an taigh còmhla riut fhèin. Tha agam ri bhith a' leughadh phàipearan nach eil mi a' tuigsinn ceart, oir tha iad cho teignigeach, cha bhuin iad do rathaidean no an seòrsa obrach sin air a bheil eòlas agam. Bhiodh tu fhèin gu math na b' fheàrr ann na tha mise."

"Feuch an èist thu! Chan eil math dhut a bhith a' call do mhisneachd mar sin. Theirig ann aon uair eile, agus dèan an-àirde d' inntinn an uair sin. Thèid sinn a-mach a-nochd chun nan òrdaighean; gheibh sinn ùrachadh bho bhith ag èisteachd ris a' Ghreumach. Bidh e an-còmhnaidh a' cur dreach às ùr air an Fhìrinn: 's dòcha gum bi rud aige dhut."

Shearmonaich an Greumach am feasgar sin air nàdar a' ghràidh. Gràdh eadar tè is fear, gràdh teaghlaich, gràdh Dhè. Ged a bha a bhoisean fliuch le fallas, bha Ailig Iain ga ghrad-èisteachd. Thòisich e a' cuimhneachadh air athair Bellann. Bhiodh esan an-còmhnaidh

57

ag ràdh nach cluinnist an-diugh càil ach gràdh Dhè. "Gràdh, gràdh, gràdh," chanadh e. "Tha sin ceart gu leòr," 's e a theireadh e, "ach dè mu dheidhinn searmon air ciont, air aithreachas, air uallach, air ifrinn an damanaidh, air gnè a' pheacaidh no air adhaltranas? Tha an gràdh ceudna air ar dèanamh fann, air dhòigh 's nach eil sinn comasach ach air a bhith a' toirt cus mathanais. Tha ar prionnsapalan air ar trèigsinn ann an ainm seòrsa de ghràdh a tha bog, mar leig-chruthaich gar sùghadh a-steach, gun seasamh chas againn."

Agus thòisich Ailig Iain a' cuimhneachadh air a' cho-chomann a bha eadar an dithis aca, agus cho toilichte 's a bha am bodach nuair a thàinig atharrachadh nan gràs airsan. "Coimhead às a dèidh," chanadh am bodach, "tha i cho fada na ceann." Agus bhiodh Ailig Iain toilichte gu leòr sin a dhèanamh agus a bhith na mhac dhan bhodach, aig nach robh mac gu ruige seo, ged a bha e a' faighinn a' bhodaich annasach agus neònach, a' searmonachadh aon rud agus a' dèanamh rud eile. Bha dùil aige gum biodh ministear na b' aon-fhillte.

Ach cha do dh'innis Ailig Iain dha duine a-riamh, eadhon dha Bellann, agus chan innseadh, an rud a dh'innis a h-athair dha ann an dìomhaireachd agus a chuir mòr-iongnadh airsan: 's e sin gun robh a h-athair a' dèanamh nam pools a h-uile seachdain agus gun robh e air airgead mòr a bhuannachd ri linn sin a chumadh ris fad a bheatha. Nam biodh fhios air a seo, chanaist gur e cealgaire a bh' ann, ach bha fios aig Ailig Iain air a chaochladh, agus gun robh gu leòr na bu chealgaiche na sin is a' gabhail rud orra nach bu chòir.

Cha robh Bellann air mathanas a thoirt dhàsan a-riamh airson a dhol a-steach a chaitheamh-beatha na h-eaglais, agus cha toireadh. Aig a' mhionaid a bha seo bha Ailig Iain a' faireachdainn gun robh

i ceart, nach bu chòir dha a-riamh a bhith air a dhol innte. Cha robh
fios aige an ann lag no làidir a bha e. Ach ann an lathaichean òga
a' ghaoil 's an iompachaidh, mus robh socrachadh air a thighinn,
cha robh thu ach a' leantainn buille do chridhe agus cha robh
d' eanchainn gu mòran feum dhut.

* * *

'S e a bha dhìth air Muriel ach a bhith fosgailte. Anns na lathaichean
a bh' ann, nuair a bhiodh i a' cluiche a' mheilòidian agus a bha i am
bogadh ann an Dìleas Donn gu a h-ugannan, 's a bhiodh i fhèin, Heins
agus Mobà a' siubhal thall 's a-bhos tro na bailtean aig cèilidhean sna
hàllaichean, bha iad cho neoichiontach ri na h-ainglean. Cha robh
eatarra ach deagh ghean agus carthannas, bannan làidir càirdeil air
nach gabhadh duine seach duine aca brath.

Bha fansaidh aice a-riamh do bhucas nam putan, ged nach robh
mòran bhoireannach ga chluiche san latha sin, agus b' e Coinneach
Iain aig ceann na lota a bha air a bhucas fhèin a thoirt dhi air iasad
airson deagh ghreis. Dh'ionnsaich e fuinn dhi cuideachd. Cha
robh i fada gan togail. Cha chluinneadh tu an seòrsa cluiche ud
an-diugh ann. Bha e mar na h-amhrain Ghàidhlig san fhìor sheann
nòs. 'S e preasantadh an rud a b' fhaisge air. Blas bho shaoghal eile,
a chuireadh a ghal agus a ghàireachdaich thu. Chan fhaiceadh tu
muinntir na h-eaglais aig na cèilidhean no aig na dannsan uair
sam bith. Bha sin air a chrosadh dhaibh. B' fheudar dhi fhèin sgur
a chluich. Ach b' fhiach e sin a leigeil seachad airson na beatha
bh' aice còmhla ri Ailig Iain.

B' fhada bho ghabh i miann air an toiseach, ged nach biodh fios
aig duine air a sin, eadhon aige fhèin. Ann an cùil bheag a-staigh air
cùl a h-eanchainn bha fios aice gun do chuir i sùil ann eadhon nuair

a bha e pòsta aig Bellann a' Mhinisteir. Bha cuimhne aice fhathast nuair a chualas an naidheachd gun do phòs e fhèin agus Bellann, agus mar a bhean sin rithe.

'S math a bha fios aig Mobà mar a bha i a' faireachdainn, ach cha leigeadh e a leas sin a ràdh, ach a bhith fritheilteach airson a h-inntinn a thogail le màirdsichean agus ruidhlichean ùra. Dh'fhuirich a' mhiann agus an dòchas, ged a bha i a' faicinn feadhainn eile nuair a bhiodh iad a' cluich aig na dannsan 's a' falbh anns na bhanaichean.

Agus bha e na adhbhar-còmhraidh eadhon na bu mhotha nuair a chualas mu dhà bhliadhna às dèidh sin gun robh atharrachadh nan gràs air a thighinn air Ailig Iain agus gun robh Bellann air fhàgail air sgàth sin. Cha robhas air a leithid a chluinntinn a-riamh. B' ann am meadhan na breislich sin a bhruidhinn an guth beag rithe fhèin agus a dh'aithnich i gu feumadh i slighe ghlan na fìreantachd a leantainn agus nach robh càil a dh'fhios nach robh Ailig Iain air a chur a-mach dhi an dèidh a h-uile rud. Bhiodh e a' ciallachadh gu feumadh meòir shubailte a' mheileòidian fois fhaighinn, oir cha bhiodh dannsa no cèilidh ann o sin a-mach. Bha i deònach an leigeil seachad mas e sin a bha an dàn.

Anns na bliadhnachan mu dheireadh bha i dhen bheachd nach b' e rud math a bha sin idir, a bhith air sgur dhen cheòl. Carson nach b' urrainn dhi an dà chuid a dhèanamh? Carson nach b' urrainn dhi a bhith a' cluich anns na hàllaichean agus a' cur dhaoine a dhannsa? Carson nach fhaodadh i a bhith a' cluich anns an eaglais? Seall cho snog 's a bhiodh fonn slaodach Gàidhealach mar *A Nìghneag, a Ghràidh* aig toiseach seirbheis mus tòisicheadh an t-seinn. Ach 's e saoghal nam fear a bh' anns an adhradh, agus bha na boireannaich dìblidh mun casan. Fireann a bha na deisciobail. Cha robh boireannach nam measg, fèar mar a bha san Ear Mheadhanach nuair a thòisich a h-uile càil a bh' ann. Ach dè cho fada 's a bha seo a' dol a thighinn air boireannaich dhèantanach Leòdhais? Seall na bha dhiubhsan san eaglais agus iad cho foghainteach, ach gun dreuchd sam bith. Thug i sùil mun cuairt air na fireannaich a bha staigh. Chunnaic i iad airson mionaid mar dhaoine gun bheachdan dhaib' fhèin: dìblidh, umhail do rud nach buineadh dhan fhìor dhualchas aca.

Dh'fhairich i faisg air Ailig Iain, agus chuir i a làmh a-steach na ghàirdean. Ghluais e rud beag na b' fhaisge oirre. Cha robh an seo ach fasan, thuirt i rithe fhèin, nad shuidhe ann an seata chruaidh ag èisteachd ri duine a' bruidhinn riut bho chùbainn, a' sealltainn a-nuas ort bho àirde mhòir. Nach bochd nach robh creideamh ann a bhuineadh dhan Ghàidhealtachd, fear far am biodh seinn, cluiche, dannsa, àbhachdas, ceòl agus cur-seachad, gun buidheannan beaga eaglais a' dol a-mach air a chèile, teaghlaichean a' dol an amhaichean a chèile agus na boireannaich air am fàgail umhail, gun dreuchd.

Ma thug e cho fada bho bhoireannaich na h-eaglais a bhith a' tolladh an cluasan agus a' cleachdadh briogais, 's iongantach gun tachradh na rudan a bha a' sgiathalaich na h-inntinn ri a latha-se. Carson a bha e a' dèanamh dragh dhi co-dhiù san oisean bheag aicese dhen t-saoghal, agus an saoghal air fad roinnte mu dhiathan agus mu chreideamh? Fàg e, chanadh guth beag am broinn a cinn. Fàg e.

Ach a dh'aindeoin sin, am broinn a cinn chluinneadh i, mar gum b' ann fad' às, *Dòmhnall 'Ain Ruaidh a' Feitheamh na h-Aiseig*, agus am port ag èirigh suas tro mhullach na h-eaglais, agus a' cur car a' mhuiltein agus a' spreadhadh mar fireworks na h-eanchainn agus fuaim nam putan air a' mheileòidian a' bragail le suigeart. Thòisich i a' faicinn a' choitheanail na h-inntinn ag èirigh nan còtaichean agus nan adan, a' tòiseachadh a' dannsa, a' dèanamh ruidhle ris a' cheòl – *bà, bà, baba, bà; bà, bà, babà ba ba ba* – a' gàireachdainn le toileachas, suas agus sìos na trannsachan, an Greumach a' bualadh nam bas, agus a h-uile càil a bh' ann a' stad le brag chinnteach, air nota àrd phongail – *bà bà* – gus an robh i fhèin na fallas air a giùlain air sgiathan iongantach na cuimhne dhan t-saoghal a bha.

Thàinig grunnan dhachaigh còmhla riutha às dèidh na coinn-eimh. Bha teatha, sgonaichean agus mìlseanan dhe gach seòrsa aig Muriel air ullachadh. Bha aighear agus àbhachdas aca, nan saoghal fhèin, ùrnaigh no dhà mu dheireadh na h-oidhche bho na fireannaich agus seinn nan salm Gàidhlig. Cha deach iomradh a thoirt air an t-searmon ach gun robh i math agus cothromach, agus an gibht-labhairt a bh' aig a' Ghreumach.

15

Thàinig àm na h-ath choinneimh, ach cha deach Ailig Iain thuice idir. Dheigheadh e chun na coinneimh deireannaich an ceann trì mìosan eile, agus dh'fhalbhadh e mus biodh i seachad. Mar sin, cha bhiodh aige ri Bellann fhaicinn. Bha a h-ìomhaigh air beulaibh a shùilean gach latha. Ach le gun a bhith ga faicinn, sheacadh a chuid ionndrainn oirre agus dheigheadh aige air na thachair a chur gu cùl inntinn. 'S e peanas a bhiodh an seo dha, agus fear na bheachd fhèin air an robh e glè airidh.

Bha na lathaichean a' dol seachad mar sin – esan a' dol a dh'obair gu Siar agus Muriel a' dèanamh na home helps agus an aromatherapy. Bha cosnadh math aca eadar an dithis agus bha dol aca air rudan a dhèanamh ris an taigh: uinneagan ùra, agus coinsèarbhatoraidh, eadhon ged a bha ise a' faireachdainn ann an dòigh gum bu dìomhainn dhaibh agus gun sliochd aca aig am fàgadh iad e.

Bhiodh iad a' falbh air lathaichean-saora dà uair sa bhliadhna, agus bha iad air a bhith an-uiridh sa Chuimrigh agus sa Ghrèig.

Cha robh iad air cur romhpa fhathast càit an deigheadh iad am-bliadhna.

Bha ise a' miannachadh gun deigheadh i fhèin agus a cousin, Màiri Anna Chaluim, a bha a' fuireach ann an Inbhir Narann, sìos a Shasainn airson co-dhiù seachdain gus am faiceadh iad balach beag le cousin eile a bh' air ùr thighinn dhan t-saoghal. Agus uaireigin, 's dòcha, Mauritius, far an robh càirdean fhathast aig Ailig Iain, ged nach aithnicheadh e duine dhiubh – sliochd a dhubh-sheanar.

Dh'fhuireadh i fhèin agus Màiri Anna gun a dhol a Shasainn gus am biodh mìos no dhà air a dhol seachad, gus am biodh an leanabh air fàs agus air soirbheachadh. Dheigheadh iad a dh'fhuireach a thaigh-òsta beag a bhiodh faisg air taigh Nancy ann an Sussex, agus dh'fhaodadh iad a bhith a' tadhal a-staigh air na h-fhionnaraidhean a dh'fhaicinn an fhir bhig. Dh'fhaodadh Ailig Iain falbh còmhla riutha aig an aon àm airson na coinneimh deireannaich dhen bhuidhinn-stiùiridh agus gnothaich a dhèanamh dha Siar mu stuth rathaidean bailteil a bhiodh gu am feum a-rithist. Phàigheadh a' Chomhairle airson an fharaidh aigesan agus bhiodh e aig an taigh romhpa airson fàilte a chur orra dhachaigh air ais.

Sin mar a thachair a' mhadainn deireadh foghair sin, agus Ailig Iain agus Muriel a' falbh air a' phlèana, esan le iomagain ach le iarrtas Bellann fhaicinn a-rithist, agus Muriel le toileachas a' dol a shealltainn air leanabh ùr san teaghlach, rud nach robh Freastal air a chur a-mach dhìse. Dhealaich iad ann an Inbhir Nis, esan a' dol a Dhùn Èideann agus ise a' falbh còmhla ri Màiri Anna gu ruige Sussex.

* * *

Chaidh Ailig Iain a-steach chun na coinneimh an ath mhadainn beagan na bu tràithe, oir bha e an dòchas gum biodh Bellann ann roimhe. Bha e air a' choinneamh mu dheireadh a leigeil seachad,

agus seach gun robh deich seachdainean a-nis eadar na coinn-
eamhan, bha còig mìosan air a dhol seachad bhon turas a bha iad
còmhla sa Charlton. Bha e a' faighinn nam pàipearan fiosrachaidh
gu math dìleas bhon luchd-rianachd às dèidh gach coinneimh agus
bha e air a bhith gan leughadh. Bha dùil aige gur dòcha gum biodh
nòta no rud air choreigin nan cois bhuaipese, ach cha robh. Cha
robh bìog air a thighinn bhuaipe, no bhuaithesan thuicese. Thòisich
e a' faireachdainn placadaich na bhroilleach, an dòchas gun nochd-
adh i agus gu faigheadh e facal aon uair eile. Lìon a' choinneamh le
na h-aghaidhean àbhaisteach, ach cha robh ise nam measg. Thàinig
Mrs Sim agus leugh i a-mach na h-ainmeannan airson a chlàir.

Fhreagair gach neach ri ainm. Bha feadhainn ann mar e fhèin
nach robh air a bhith aig a h-uile coinneimh. An uair sin chuala
e Mrs Sim ag ràdh, "And Bel Groundwater sends apologies: she's
currently off sick."

Chaidh a' choinneamh air adhart ach cha robh cridhe Ailig
Iain innte. Bhathas air an dreach mu dheireadh a dhèanamh a
dheigheadh gu Ùghdarrasan Ionadail mun chruth a bhiodh air
cùram dha cuid ann an coimhearsnachdan beaga, agus bhithist
a-nis a' feitheamh dè na puingean a thogadh iadsan san eadar-
àm eadar seo agus trì mìosan eile. Chaidh Mrs Sim tron phàipear
a' togail phuingean an siud 's an seo, feadhainn a dh'aithnich Ailig
Iain a bh' air a thighinn bhuaithe fhèin, agus Bellann air an toirt
air adhart air an latha mhòr a bha siud nuair a bha an còmhradh
air a bhith a' sgiathalaich agus air suidheachadh air puingean a
bhiodh seasmhach. Dè an diofar co-dhiù? thuirt e ris fhèin, agus e
a' faireachdainn luimead am broinn a chinn a bha a' toirt seòrsa de
luairean air.

Mus do chrìochnaich a' choinneamh bha e air inntinn a dhèan-
amh an-àirde. Dheigheadh e a shealltainn air Bellann a dh'Obar
Dheathain. Gheibheadh e an ath thrèana. Cha robh Muriel aig an

taigh co-dhiù, 's cha bhiodh i fhèin agus Màiri Anna a' tilleadh a dh'Inbhir Nis airson seachdain eile. Leigeadh e beannachd le Bellann an sin agus bhiodh e seachad.

Fhuair e trèana an ceann uair a thìde agus bha e ann an Obar Dheathain aig deich uairean a dh'oidhche. Cho luath agus a ràinig e, choimhead e ann an leabhar na fòn. Cha b' fhada gus an do ràinig e G agus gus an do lorg e B. Bha i a' fuireach air Great Western Road. Leum e ann an tagsaidh agus an ceann cairteal na h-uarach bha e a' bualadh na cluig air taobh a-muigh doras na flat aice.

16

"Cha robh fios agam dè a chanainn nuair a dh'fhosgail mi an doras, agus a bha e romham ann an sin. Dh'iarr mi air a thighinn a-steach. 'Smaoinich mi,' ars esan 'gun tiginn a shealltainn ort... seach nach eil thu gu math... gun fhios nach robh thu ag iarraidh càil...'

"Bha e a' faireachdainn an-shocair nam chuideachd agus rudeigin leth-oireach: cha robh a' dol aige air sealltainn rium. Dh'fhaighnich mi dha an robh e airson cupan teatha agus cuin a dh'ith e mu dheireadh."

Cha tuirt Bellann an còrr airson ùine, ach dh'aithnich Mac-Cumhais gun robh rudeigin air tachairt. Bha i a' suathadh a boisean, agus shaoil leis gun robh i air fàs fìogar na bu shine na bha i o chionn mìos. Bha cuideachd bòidhchead annasach na h-aghaidh, mar gum biodh a craiceann le deàrrsadh caomh ann dha nach do mhothaich e riamh roimhe. "Seadh." ars esan. "Gabh do thìde."

"Thuirt e rium nach robh mi a' coimhead dìreach mar a b' àbhaist dhomh, gun robh mi a' coimhead sgìth no rudeigin, an e treamhlaidh a bha a' dol a bh' air mo bhualadh, no an e, le dibhearsain na ghuth, leisgeul a bh' agam gun a thighinn ann seach gum biodh esan ann?

"Dh'innis mi dha an rud nach robh càil a dhùil agam innse dha, ach an rud nach gabhadh fhalach mòran na b' fhaide co-dhiù: gun robh mi mu chòig mìosan trom leis an leanabh aige.

"Chaidh e às àicheadh sa bhad. Cionnas a b' urrainn sin a bhith? Cha do rinn esan boireannach trom a-riamh, mi fhìn no Muriel, agus ge b' e cò leis a bha e, cha b' ann leis-san. Dè am fios a bh' aigesan cò na fireannaich a bha nam bheatha-sa leis am faodadh an leanabh seo a bhith? Ged a sheulaich mi dha nach robh duine, 's ann bu truaighe a chaidh e.

"Shad e orm gun robh mi air trap a sheatadh dha a dh'aon ghnothach, gus an tigeadh am pòsadh aige gu crìch, agus – an rud a bu mhiosa buileach dha – gum biodh aige ris an eaglais fhàgail seach gun cailleadh e a shochairean. Àrd-èildear a' tighinn sìos na chlod. Thuirt mi ris nan cailleadh nach robh càil a dhiofar leam: an ann mar sin a bha i ag obair, na daoine a bu chòir a bhith nan taic dha ann an àm doilgheis a' dol ga shadadh a-mach? An robh i a-chaoidh a' dol a bhith caomh?

"Thuirt e rium gum bu chòir dhomh a dhol airson casg-breith, gum bithinn eòlach gu leòr air feadhainn a chuireadh sin air dòigh dhomh eadhon ged a bha mi casadh ri còig mìosan air adhart.

"Thuirt mi ris gum b' e duine iongantach nach robh ag iarraidh a ghineil fhèin a thoirt dhan t-saoghal, gu h-àraidh duine a ràinig a latha-san, agus e gun chloinn.

"'Tha mo bheatha,' ars esan, 'air a cur gu neoni agad. Na rudan as fheàrr leam air an t-saoghal, tha mi gu bhith às an aonais: mo bhean, mo phòsadh 's an eaglais. Na rudan a bha mi air a thogail.'

"'Togail,' arsa mise, 'ann no às, nach neònach nach do dhìon an Cruthaidhear thu, anns a bheil thu a' creidsinn, bho do stillean fhèin, a bhris am pòsadh againne agus a chuir ar saoghal a thaigh na bidse. 'S e th' ann, Ailig Iain, ach gu bheil sinn dìreach ann an troimh-a-chèile na beatha air nach eil rian no òrdugh no pàtaran de sheòrsa sam bith. Tha sinn a' cur ar cumadh fhìn air, olc no math, a rèir dè thig oirnn fhìn. Ma chuireas sluagh a' Chruthaidheir agadsa às dhutsa airson seo, mar sin dhaibhsan. Togaidh mise an leanabh seo, agus gu dearbh tha mi an dòchas nach bi e coltach ri athair.'

"Dh'aithnich mi le bhriathran nach robh e ach a-mach air a shon fhèin, eadhon ged a bha an suidheachadh air a thighinn air mar chloich às an adhar, agus shaoil leam aig a' mhionaid a bha sin nach fhaca mi duine riamh a bha cho beag orm ris."

An tuilleadh sàmhchair.

"An tuirt thu càil sam bith eile ris?" arsa MacCumhais. "Na dh'innis thu dha mu chàil sam bith eile nach robh dùil agad?"

"Cha do dh'innis," arsa Bellann.

"Thòisich an dithis againn a' gal, agus shuidh sinn còmhla air an t-sòfa, esan le a làimh air mo mhionach, far an robh mi mu thràth a' faireachdainn mar gun robh dealan-dè beag nam bhroinn a' feuchainn ris a' chiad sgèith a dhèanamh.

"Chaidh mise dham leabaidh, agus chaidil esan air an t-sòfa."

17

Bha Muriel agus Màiri Anna Chaluim gu math dòigheil. Bha iad air Lunnainn a ruighinn airson aon oidhche, agus air beagan ceannach a dhèanamh an sin. Chòrd Covent Garden air leth math riutha le a bhùthan annasach, agus daoine a' seinn agus ag aithris a-muigh air na sràidean agus timcheall nam bùthan.

Chaidh iad a dh'fhaicinn dealbh-chluich agus às a dhèidh ghabh iad dìnnear mhòr bhlasta ann an taigh-bìdh Greugach, agus dh'òl iad botal fìon Barolo eatarra a chosg gu leòr dhaibh. Uill, bha iad air lathaichean-saora, agus dè a b' fheàrr na airgead a chaitheamh agus a bhith subhach?

Bha iad a' bruidhinn air a h-uile rud, lathaichean an òige, am pàrantan 's mar a chleachd iad a bhith, agus rudan às annas a bha a' gabhail àite anns na coimhearsnachdan aca. Beagan dibhearsain mu na fir agus na rudan leis nach biodh iad dòigheil, agus an dùil an còrdadh an lèine shriopach ri Ailig Iain airson nan coinneamhan agus cùisean mar sin. 'S ann 's iad air ais san taigh-òsta a thuirt Màiri Anna rithe an rud a bha i air a bhith a' sireadh abhsadh anns a' chòmhradh airson a ràdh.

"A Mhuriel, tha rud agamsa ri innse dhut. Tha mi an dòchas nach eil e fìor. Tha mi air air a bhith a' smaoineachadh air a seo grunnan sheachdainean agus tha mi dhen bheachd gur còir dhomh a ràdh riut. Tha mise air cluinntinn gu bheil Ailig Iain air a bhith a' falbh le boireannach aig na coinneamhan gu 'm bi e a' dol air tìr-mòr. Tha fhios agam nach eil e air a bhith aig co-dhiù na dhà mu dheireadh, ach thathas air a ràdh riumsa gun choinnich e ri Bellann, a' chiad bhean a bh' aige an sin, agus gu bheil cupladh air a bhith ann agus gu bheil i air a slighe le leanabh."

Chuir Màiri Anna a làmh tarsainn a' bhùird agus rug i air làimh air Muriel, a bha air a dhol cho fuar ri deigh, agus a bha a' coimhead mar gun robh i a' seacadh sìos na sèithear gu dara leth a h-àirde.

"Cò," ars ise, "a tha ag ràdh sin?"

"Chuala mi e aig piuthar de dh'fhear a th' air a' bhuidhinn-obrach, air a bheil mi air eòlas fhaighinn tro bhith a' coinneachadh ann am buidheann-leughaidh a th' againn an Nairn. Tha mìos bho chuala mise an toiseach e, agus rinn mi rannsachadh beag dhomh fhìn, agus tha mi cinnteach gu bheil e fìor. 'S còir fios a bhith agad. 'S còir dhòmhsa innse dhut, agus an dàimh teaghlaich a th' eadarainn cho làidir. Cha toirinn mathanas dhomh fhìn mura h-innseadh, ged a tha e duilich, on bha seo a' dol a thighinn dhan fhollais latheigin, agus cha bhiodh tusa air mathanas a thoirt dhomh a bharrachd."

"O, uill," arsa Muriel, agus i ga faireachdainn fhèin a' dol cho cruaidh ri cloich, "cha ghann nach can iad. Tha mi a' tuigsinn an t-suidheachaidh agad, ach chan eil mi a' creidsinn do sgeòil. Tapadh leat airson an rud a chuala tu innse dhomh, ach fàgaidh sinn an sin fhèin e."

Dh'èirich Muriel, leig i oidhche mhath le Màiri Anna, agus rinn i air an leabaidh. Eadar biadh agus fìon, bha i a' faireachdainn tinn, agus bha a corp mar gum biodh e air a chlàbhadh le truimead mòr.

Cha do shil i deur. Chuir i dhith a h-aodach agus chaidh i dhan
leabaidh, a' chiad uair a-riamh bho phòs i Ailig Iain nach do rinn i
ùrnaigh thaingealachd aig deireadh an latha.

Bha iad aig am bracaist còmhla an ath mhadainn, agus cha tug tè
seach tè guth air a' chòmhradh a bh' air a bhith eatarra an oidhche
ron a sin. Cha do ghabh Muriel càil ach cupan teatha, agus ged a
thuirt Màiri Anna rithe gum bu chòir dhi barrachd ithe agus latha
fada romhpa, cha tuirt i ach gun robh i làn bho raoir. Bha stamag
Màiri Anna fhèin air dùnadh cuideachd, agus i a-nis air a beò-
ghlacadh le ciont airson an rud a dh'innis i. Dè mura robh e fìor,
agus gun robh i air sgaradh a dhèanamh eadar fear agus bean, agus
air sìol a chur nach biodh ach a' fàs an amharas gu mì-rùn?

"Tha mi duilich mun raoir," arsa Màiri Anna. "'S dòcha nach bu
chòir dhomh a bhith air càil a ràdh."

"Cha tuirt *thu* càil," arsa Muriel. "Tha sin seachad. Obair na
deoch agus an dìomhanais. Biodh latha math againn a' faicinn
ogha ùr Nancy. Beatha ùr san teaghlach."

Cha robh cùisean furasta san trèana sìos gu ruige Sussex, agus
chuir iad seachad an ùine a' feuchainn ri leughadh, eadar sin agus
a' dèanamh corra norrag luaisgeanach gus an do ràinig iad an ceann-
uidhe. Bha a h-uile càil a bh' ann a' dol na bhruaillean an dèidh sin,
agus inntinn Muriel a' dol seachad air àm nan coinneamhan, agus
fios aice gun robh Ailig Iain an-dràsta fhèin dualtach a bhith an
lùib Bellann an Dùn Èideann. Leanabh. Mo chreach. Nach biodh
leathase. Nach daor a cheannaicheas duine a chuibhreann.

Bha ogha Nancy àlainn. Balachan beag toilichte le cràic de
dh'fhalt dorch, mar athair agus, shaoil le Muriel, samhla bheag aige
ri sheanair sna pluicean. Thug Muriel dà uair a thìde ag altramas
agus a' bruidhinn ri Stewart beag, agus cha robh an ùine fada a' dol
seachad. Gu dearbh, b' fhada bho nach do bhruidhinn i uiread.

Am meadhan na bh' ann dh'fhalbh am mobail aice. Ailig Iain. Cha do fhreagair i. Bha a cridhe làn, bha a ceann aotrom, agus bha i gun stiùir gun sheòl, air a riasladh le faireachdainnean mar fuath, tàmailt agus dìoghaltas.

Chuir i dheth a' fòn, oir cha robh fios aice dè dhèanadh i nam falbhadh i a-rithist. Cha robh dragh aice dè mar a bha Ailig Iain a' faighinn air adhart, cha robh dragh aice nam bàsaicheadh e, cha robh dragh aice ach faighinn tron seo. Bha a taobh staigh air a chiùrradh, bha i air a càil a chall agus bha i air a mealladh gu mòr.

Cha robh an còrr dhen t-slighe furasta, ach chaidh aice air còmhradh a chumail a-null 's a-nall ri Màiri Anna air an trèana suas a dh'Inbhir Nis. Eadar sin agus toirt a chreidsinn gun robh i a' leughadh, agus a bhith dìreach a' coimhead a-mach air an uinneig, a h-eanchainn a' toirt oidhirp air a suidheachadh a mhìneachadh agus fhuasgladh, bha i mar gum biodh i air a thighinn a-mach às a corp agus ga coimhead fhèin bho àirde mhòir, mar bheathach beag snàigeach gun chomas, gun chòmhradh, gun luach ann an sùilean neach sam bith.

Dè a b' urrainn dhi a dhèanamh? Bha a creideamh ag innse dhi gun robh seo air a chur a-mach dhi eadhon mus do rugadh i. Gun robh e ann an rùintean sìorraidh gun deigheadh a slaodadh tron pholl, gun robh e ann am plana mòr air choreigin aig neach tròcaireach a stampadh fo na casan, gun choire sam bith aice ris.

Teich leis, ars ise a-staigh na ceann. Teich leis. Teicheadh iad gu lèir leis. Teicheadh Ailig Iain leis cuideachd.

Nuair a ràinig iad Inbhir Nis, bha Niall, an duine aig Màiri Anna, nan coinneimh aig an rèile. Ruith e ise a-mach chun a' phuirt-adhair agus bha i uair a thìde an sin leatha fhèin, gus an deach i dhachaigh air plèana Steòrnabhaigh.

Choinnich Ailig Iain agus Muriel aig port-adhair Steòrnabhaigh mar gum biodh dà chrioplach – gach duine a' feuchainn ri rud fhalach air an duin' eile, ach fhathast a' cumail a' mheallaidh a' dol.

Bha Muriel air cur roimhpe gun robh i a' dol ga pheanasachadh gu chùl, air dhòigh is gu fuilingeadh e mar nach do dh'fhuiling duine a-riamh. Bha Ailig Iain air a dhol thairis na inntinn iomadh uair air ciamar a bha e a' dol a dh'innse na naidheachd dhi, agus eadhon air am feumadh e innse dhi idir. Bha Bellann air a ràdh nach robh ise ag iarraidh dad bhuaithe, gun togadh i fhèin an leanabh, agus nach biodh i na innibh ann an dòigh sam bith. Ged a bha lasair na chridhe air a son, cha robh i ga fhàgail socair mar a bha Muriel. B' fheudar dha aideachadh dha fhèin gun robh gaol aige air an dithis aca. Cha b' urrainn dha a thoirt a chreidsinn air fhèin gur e gràdh spioradail a bh' ann, oir shuas ann an iomall a chinn bha e ag aithneachadh gur e maoth-fhacal a bha sin airson ana-miannan na feòla – leisgeul dhut fhèin gus nach deigheadh tu na b' fhaide, eadhon ged a bha fios agus cinnt aige gun robh cuid a' dol na b' fhaide, ged nach biodh fìorchinnt air, mar a bha gu bhith air a seo.

Nuair a chunnaic e Muriel a' tighinn bhon phlèana, dh'fhairich e luchd a' tighinn air, agus i a' coimhead cho neoichiontach agus cho neulach air a dhol, mar gun robh i sgìth. Mhothaich ise dhàsan tron uinneig, esan le sgeun na shùil, ach gun a ghnùis idir a' toirt sealladh air a' choire-teth a bha a' ruidhligeadh tro bhodhaig.

Thug iad pòg ghoirid dha chèile pluic ri pluic, dh'fhuirich iad ri na bagannan gun mòran a ràdh ach cho sgìth agus a tha siubhal gad dhèanamh, agus choisich iad chun a' char, a' toirt corra chrathadh dhen cheann ri daoine a bha iad ag aithneachadh. Bha an t-slighe dhachaigh na bu duilghe, ach leis an eòlas a bh' aca air a bhith a' cumail a' chòmhraidh a' dol aig cruinneachaidhean beaga, bhruidhinn iad air an aimsir, air bìodan Nancy, air gu feumadh iad siostam ùr teas a chur dhan taigh, agus air gun robh bean a' Mhinisteir air a bhith tinn. Cha robh fiù nach do dh'fhaighnich Muriel dè mar a bha a' choinneamh air a bhith, agus an cuala e càil às ùr aice.

A dh'aindeoin sin bha faireachdainn sgriosail mar luaidhe ann an cliabh gach duine aca, agus iad le chèile glaiste mar gun robh taibhse gan cuartachadh, a' dannsa air an uaigh aca fa leth.

Chaidh seachdain seachad mar sin – iad a' dol a-mach air a chèile mu rudan beaga, iad dìorraiseach agus doireannach. Bha an rud a bu lugha air an t-saoghal a' toirt air Muriel smearradh a thoirt aiste agus a bhith greannach. Eadhon mar a chrochadh Ailig Iain a chòta, no an t-òrdugh anns an cuireadh e na spàinean dhan drathair às dèidh cupan teatha. Bha i a' feuchainn ri dèanamh a-mach an robh fios sam bith a' tighinn bho Bhellann, ach cha robh càil a' tighinn dhan fhollais. Tha mi a' creidsinn, ars ise rithe fhèin, gu bheil e a' fònadh thuice aig an obair.

Ged a bha corra theagamh air a bhith aice mu dheidhinn an sgeòil, agus i air feuchainn ri toirt a chreidsinn oirre fhèin gur e a' bhreug a bh' ann, bha làn-fhios aice gun ròbh a smùidean fhèin à ceann gach fòid. An dùil an robh boireannaich eile air a bhith aige? An dùil am b' e Bellann a-riamh a b' fheàrr leis? An dùil am b' e seo, bho dheireadh thall, am peanas a bh' aicese ri fhulang air sgàth a bhith ga mhiannachadh dhi fhein 's e fhathast pòsta aig Bellann?

A' mhadainn sin fhèin, às dèidh dhi na home helps a dhèanamh agus i air a slighe dhachaigh, 's ann a chùm i a' dol anns a' chàr, a' dèanamh air baile a h-òige mar gum biodh i an dòchas furtachd air choreigin fhaighinn bho na cnuic, na h-òib, an t-adhar, eadhon an t-àile fhèin. Bha na lathaichean sòlasach a chuir i seachad ann na h-òige gun ghuth air dòrainn, gun dromach-air-thearrach, cho faisg dhi. Nach e a bh' air a bhith math a bhith òg agus neoichiontach. Bha fhios gun robh neoichiontas ann, eadhon ged a bhathas a' searmonachadh gur robh thu peacach on mhionaid a thig thu dhan t-saoghal. Dè a dh'èirich dhuinn a tha a' smaoineachadh mar sin? Nach eil sin fhèin dorch? Cha robh ise, 's cinnteach, na peacach san àite àlainn seo. Bha thu an rud a bha thu. Bhathas a' gabhail riut mar a bha thu san àite seo. Òg no gòrach; glic no fuasgailte. Bha fhios cò thu, agus cò bhuaithe a bha thu. Bha àit' agad. 'S bha daoine a' gleidheadh an smuaintean millteach aca fhèin. Bhiodh iad sin a' cur dragh air a h-uile neach. Ged a chuir ise sùil ann an Ailig Iain agus e fhathast pòsta, cha robh sin gu cron – na smuaintean aice fhèin a bh' ann, agus cha robh fios aig duine orra. Òbh, òbh, am pian – 's cinnteach nach b' e droch chreutair a bh' innte airson sin, eadhon ged a bha am peanas cho mòr ri seo.

Dè a thuirt a màthair rithe an seo uaireigin? Cuir do dhreach fhèin air cùisean. Tionndaidh iad gu feum. Bi togarrach. Bi aotrom. Chan eil rudan air an cur a-mach dhut idir. Thusa a bhios a' cur a-mach rudan dhut fhèin.

B' fheàrr leatha gum b' urrainn dhi bàrdachd a dhèanamh, no peantadh, no leabhar a sgrìobhadh. Rudeigin a dh'fhàgadh i às a dèidh, do shliochd air choreigin. Rudeigin a dh'inniseadh cò i, agus gun robh i air a bhith beò uaireigin. Gur dòcha gun canadh cuideigin an àiteigin gur i na linn fhèin a bha air briseadh a-mach agus air biùgan a lasadh a bhiodh mar sholas deàlrach ann an cùil air choreigin. Gur i Muriel Aonghais Bhàin nach do leig às a grèim, agus a dh'imich na solas fhèin a dh'aindeoin cùise.

18

Chùm na lathaichean a' dol seachad gun co-chomann sam bith eadar an dithis, ise ag ràdh gun robh i le sgìths agus dìth a' chadail, agus esan gun beachd sam bith aige gun robh fios aice dè bha a' dol.

'S ann feasgar a thuirt Ailig Iain gun robh e airson gum bruidhneadh iad còmhla mu rud a bha a' cur dragh air. Shuidh iad air gach taobh dhen teine agus rinn esan oidhirp air tòiseachadh.

"'Eil fhios agad?" ars esan, "na coinneamhan gu 'm bithinn a' dol – uill, chan eil mi a' dol thuca tuilleadh."

"Seadh," arsa Muriel. "Tha sin OK."

"Bha dùil a'm," ars esan, "nach còrdadh sin riut, bhon a thuirt thu rium ron a seo cumail orm a' dol thuca."

"Dèan an rud a thogras tu fhèin," ars ise, "'s e sin a tha thu a' dèanamh co-dhiù."

"Dè tha thu a' ciallachadh le sin?" ars esan.

"Chan eil càil."

Cha robh e a-riamh air a faicinn cho fad' às. Cho fuaraidh. Bha i a' dèanamh na cùise na bu duilghe dha. Seo e a' dol a dh'aideachadh, agus bha i ga dhèanamh do-dhèante dha.

Uill, 's dòcha nach leigeadh e a leas aideachadh. Bha guth na cheann ag ràdh ris nach fhaigheadh i mach co-dhiù. Cha robh Bellann airson gum biodh fios aig duine mu cò a b' athair dhan leanabh, agus bha i air a ràdh nach robh i a' sireadh càil bhuaithe agus nach cuireadh i dragh sam bith air. Cha bhiodh i a' tilleadh an taobh seo co-dhiù, smaoinich e. Bha a h-athair an Obar Dheathain agus bha esan, Ailig Iain, sàbhailte gu leòr. Bu chòir dha sgur a smaoineachadh air. Ann an sùilean Dhè b' e Bellann a chiad bhean agus bha an rud a thachair nàdarrach gu leòr. Tha fhios gun robh e air a bhuaireadh leis an smuain an ann leis a bha an leanabh agus an robh Bellann ag innse na fìrinn, ach dh'fhàgadh e na smuaintean sin aig fois, agus ghabhadh iad seachad an ceann ùine mar a ghabh a' bheatha a bha aige leatha mus tàinig atharrachadh nan gràs air, agus a rinn e suas ri Muriel. Dè bh' ann ach ana-miannan na feòla air gabhail a-null agus am fear-millidh air grèim fhaighinn air agus a chur air an t-seachran car tamaill, ach bha e air iomadh ùrnaigh mathanais a dhèanamh, agus thigeadh socrachadh tro thìde. Chan innseadh Bellann a-chaoidh do dhuine à seo, agus cha bhiodh fios aig an eaglais. Chumadh e bhuaipe agus chan fhaiceadh e tuilleadh i.

"Dè mu dheidhinn nan coinneamhan, ma-thà?" ars ise. "Nach iad a tha a' dèanamh an dragh dhut co-dhiù?"

"Tha," ars esan. "Ach tha mi deiseil 's iad. Chan eil mi gu bhith a' falbh tuilleadh. Cha chaomh leam a bhith air falbh bhuat fhèin, a' bruidhinn mu rudan air nach eil mi eòlach am measg dhaoine fuadain nach buin dhomh."

"Dèan thusa," arsa Muriel, "mar a chì thu fhèin iomchaidh. Chan eil tuigse agamsa air a bharrachd. Chan eil mi ag iarraidh tuigse a bhith agam air. Tha do shaoghal fhèin agadsa agus mo shaoghal fhìn agamsa. Fàgaidh sinn aig a sin e."

"Bheil càil a' cur dragh ort?" ars esan rithe, agus e ga faighinn cho rag.

"Tha," ars ise. "Tha mo bheatha air a dhol ceàrr orm. Tha mi a' frithealadh air daoine eile fad an t-siubhail: ortsa, an eaglais, na home-helps, an aromatherapy, Cruthaidhear anns a bheil mòran theagamhan agam nuair a chì mi na tha a' gabhail àite mun cuairt orm san t-saoghal. A h-uile càil anns an robh creideamh agam, tha e air falbh."

"Mise cuideachd?" ars Ailig Iain.

"Seadh. Thusa cuideachd."

Dh'fhairich e grìs fhuachd tro bhodhaig. Cha robh rian gun robh fios aice. Cha ghabhadh e air faighneachd carson, gus nach tugadh e cothrom dhi a ràdh. Bha e a' faireachdainn cho fada bhuaipe, mar gur e coigreach a bh' innte dha chuid creideimh agus dha chuid dualchais. Bha i air a dhol na cnap iarainn, agus chan fhaigheadh e gliong aiste. Bha e a' coimhead nàdar a' mhathanais cho fada bhuaipe, bhon mhnaoi bhig dhìblidh a bha dùil aige a phòs e latha dha robh 'n saoghal. Chan fhaiceadh e tròcair na gnùis, ni motha a chitheadh e iochd, nam b' e 's gu feumadh e aig àm sam bith a dhol gan sireadh bhuaipe.

"Tha mise air cur romham," ars ise, "gu bheil mi a' dol a dh'fhàgail na h-eaglais. Tha mi air fàs sgìth dhith. Chan eil mi a' coimhead gu bheil cuid dhe na tha innte càil nas fheàrr na iadsan a th' air a taobh a-muigh. Nuair a choimheadas mi mun cuairt orm, tha mi a' faicinn na beatha tha seo mar thurchart. Na riaghailtean a th' againn, chan eil càil aca ri dhèanamh ri Soisgeul: chan eil sinn gasta ri chèile idir air sgàth 's gu bheil Cruthaidhear a' riaghladh agus gar cumail ceart. 'S ann a tha sinn gasta ri chèile air sgàth agus gum bi an cinne-daonna nas seasmhaiche. Iadsan nach eil, tha nàdar a' cur às dhaibh. Tha sinn mar bheathaichean sam bith eile le ar rian fhèin. Thoir sùil air na rudan uabhasach a tha a' gabhail àite san t-saoghal agus tha iad gu lèir a' tachairt air sgàth creideimh. An aon dia aig a h-uile duine, agus iad ga chleachdadh airson a ràdh gu bheil na gnìomhan acasan ceart. Tha mo shùilean air a bhith a' fosgladh bho chionn greis, ach tha mi a-nis a' dol a-mach air mo cheann fhìn, agus chan eil diofar leam dè do bheachd. Gabh e no fàg e."

'S ann a fhuair e seòrsa de dh'fhaochadh. Bha e ag aithneachadh nach robh fios aice. 'S e bh' oirre ach bruaillean an ana-creideimh. Cha robh air ach a bhith tuigseach.

"Feumaidh sinn bruidhinn air a seo," ars esan, agus e a' leigeil dha inntinn a dhol air ais gu lathaichean na h-òige agus Bellann. An robh rud ceàrr airsan, a' taghadh bhoireannach a bha ga leigeil sìos nuair a bu chruaidhe a bha fheum orra? Carson a bha an Cruthaidhear a' cur seo na shlighe? Nach robh gu leòr aige?

Ghluais e a-null chun an t-sèithir aice agus chuir e a làmh air a gualainn. Rinn i beagan gluasaid air falbh le a guailnean agus thòisich na deòir. Bha i air chrith.

"Nì sinn ùrnaigh," ars esan. "Gabhaidh sinn Ùrnaigh an Tighearna còmhla."

"Cha ghabh," arsa Muriel. "Tha e crìochnaichte. Tha mi a' falbh anns a' mhadainn air ais gu Màiri Anna, air a' chiad aiseig."

"Dè cho fada?" ars esan, gun fhios aige dè fèar a bha a' tachairt dha.

"Gus am faigh mi an earrann seo dhem bheatha air a tuigsinn agus air a cumadh dhomh fhìn."

19

Dh'fhalbh Muriel air an aiseig sa chàinealachadh a' mhadainn Disathairne sin agus bha i an Inbhir Nis mu dheich uairean. Chuir i teagsa gu Ailig Iain air a' mhobail gun robh i air ruighinn agus dh'fhàg i aig a sin e. Bha i ga faireachdainn fhèin a' gluasad mar robot, a casan ga treòrachadh, agus gun fhios aice cha mhòr càit an robh i a' dol. Aig a' cheart àm bha fios agus cinnt aice càit an robh i a' dol agus carson. Bha i a' dèanamh air Obar Dheathain.

Cha bhiodh fios aig duine ach aig Màiri Anna. Nam fònadh Ailig Iain chun an taighe, bhathas a' dol a ràdh ris gun robh i san leabaidh, agus gu fònadh i fhèin nuair a gheibheadh i cothrom. A' bhreug, bha fios aice, ach tè gu math beag an taca ris an fheadhainn mhòra dhubha a bha a-nis air a thighinn eadar i fhèin agus esan.

Dh'fhuirich Muriel an oidhche sin ann an taigh-òsta a' Chailidh am meadhan a' bhaile. Bha i air sloinneadh Bellann fhaighinn a-mach tro Mhàiri Anna, agus cha robh e ro dhuilich às dèidh sin a seòladh agus àireamh a' fòn aice fhaighinn. Smaoinich i gur ann an ath fheasgar a dheigheadh i a shealltainn air Bellann. Ged a shaoil i gun robh i air tighinn gu co-dhùnadh, cha robh Muriel

cinnteach idir an robh i a' dèanamh an rud cheart. Dè nam b' e
na breugan a bh' anns a h-uile càil a bh' ann? Nam b' e, bhiodh i
air brod na h-òinsich a dhèanamh dhith fhèin, bhiodh i air Ailig
Iain a chur suarach agus bhiodh i na cuis-bhùirt. Aig a' cheart
àm, bha i a' faireachdainn saorsainn annasach gun robh i a' dol an
coinneamh na naidheachd na dòigh fhèin, gun muinighin ach innte
fhèin, agus na gnèithealachd, a' dol a chur a cruth fhèin air cùisean
nam b' urrainn dhi.

"Nì mi e," ars ise agus i ga coimhead fhèin san sgàthan. "Nì mi e.
Thig mise tron seo."

Chaidh i dha cois gu Great Western Road. Bha sràidean Obar
Dheathain fada, cruaidh, glas, gun ghèilleadh. Cha mhòr nach
robh iad a' magadh oirre. Cha robh tròcair annta, leac às dèidh lice
de ghranait chruaidh, lom, liath, oir ri oir. Air an luimead, bha i
a' faireachdainn daingeann agus boireann, ann an dòigh chaoimh,
gun a bhith bragail no agharnail. Cha robh i a' tuigsinn ciamar
a fhuair i an neart a dhol air adhart le seo, no dè idir a bha gu
bhith roimhpe. Bha e dà uair. Seo an taigh. Bhrùth i a' chlag agus
dh'fhuirich i. Bha i air chrith.

Cha b' fhada gus an do dh'fhosgail an doras agus sheas an dà
bhoireannach a' coimhead a chèile, an dara tè fo bhlàth a lethtruim
agus an tèile le teagamh agus iomagain na sùilean.

"Bheil thu gam aithneachadh . . . ?"

"An tu a th' ann, a Mhuriel?" arsa Bellann. Rug iad air làimh gu
mì-theagmhach air a chèile, agus chaidh iad a-steach. Bha gach tè
dhiubh ann an ciom-tàisean – mar gum biodh sgleò air an inntinn
– mar gum biodh iad car tamaill às an ciall.

Bha rùm-suidhe mòr càilear an sin. Seann àirneis mhath,
cùrtairean troma air an lìnigeadh, tòrr leabhraichean, bùird bheaga,
dealbhan mòra de thìrean cèine, agus sèithrichean taisealach. Coltas

an airgid. Bha Muriel a' faireachdainn mar gun robh i a' coimhead dealbh-chluich air an telebhisean ach a' cluiche caractar do nach buineadh i.

"Cha robh dùil agam riut, cha robh dùil agam ri duine an-diugh," arsa Bellann. "Tha rud agam ri dhèanamh an-diugh. Bhàsaich m' athair o chionn seachdain agus tha agam ris an luath aige a sgaoileadh shuas sa Chrematorium aig ceithir uairean."

"Tha mi duilich," arsa Muriel. "Falbhaidh mi."

Bha i air daingneachadh an rud a bha i airson fhaicinn. Bha an sgeul fìrinneach. Ach cha robh i deiseil airson falbh. Bha rudan aice ri fhaighneachd.

"Cha robh fios a'm gun robh d' athair fhathast beò. 'S cha b' e adhlacadh àbhaisteach a bha e ag iarraidh?" arsa Muriel, mar gum b' e duin' eile a bha a' bruidhinn. Sheas an dithis aca a' coimhead a chèile, a' faireachdainn luaisgeanach agus air bheag fhacal.

"Cuin a tha d' àm ann?"

"Tha mi còig mìosan. Carson a thàine tu? Tha mi 'n dòchas nach eil thu a' dol a throd. Cha bhiodh feum ann." Bha iad sàmhach airson mionaid eile, nan seasamh mu choinneimh a chèile.

"'Eil duin' a' dol còmhla riut chun a' Chrematorium?"

"Chan eil."

"Thèid mi ann còmhla riut."

"'Eil thu cinnteach?"

"Tha."

"E fhèin a bha ag iarraidh gun deigheadh a luathadh. Cha robh mo mhàthair ag iarraidh sin air a son fhèin idir. Bha esan. Bha e dhen bheachd gun robh an t-anam a' falbh às a' chorp cho luath 's a bha thu a' triall, 's mar sin gur e luathadh a bu lugha dragh. Ghlèidh mi an litir a chur e thugam a Chanada ag ràdh sin, gun fhios nach togadh duine an dearbh chuspair."

Agus dh'fhalbh Bellann agus Muriel ann an càr Bellann suas gu Hazelhead. Dh'fhalbh iad leis an togsaid bhig agus choisich iad gu àite craobhach thairis air allt cumhang – àite a bha fear na h-oifis air seilltainn dhaibh a bhiodh freagarrach – agus an sin sheas iad, fo chraoibh daraich, an dithis a' coimhead a chèile mar dà shrainnsear à saoghal eile.

"Am bu chòir dhut," arsa Muriel, "rudeigin a ràdh? Dè bhiodh air còrdadh ris?"

Agus sheas an dithis aca fhathast gun ghluasad. Cha tuirt iad càil. Cha tigeadh facal. Mar gum b' ann à aois eile, thòisich Muriel a' togail fonn, a' cur a-mach na loidhne. *An sin tha iad ro ait airson -* le Bellann ga gabhail às a dèidh – *gu bheil bheil iad sàmhach beò* . . . *'s gun tug e iad don chala sin* . . . agus leis an dà ghuth ag èirigh dhan iarmailt . . . *'s don phort bu mhiannach leò* . . . gus na dhìg Bellann am putan beag agus gus an deach an luath ghlas na loidhnichean air an talamh gus na shil i a-mach shìos aig bonn na craoibhe. Sheas iad an sin gus na chuir Bellann a làmh mu ghuailnean Muriel, ag ràdh, "Tapadh leat airson an rud a rinn thu dha," agus gus an robh an luath air tòiseachadh a' gluasad san èadhraig bhig gaoithe a bha gan cuartachadh.

20

Choisich iad le chèile gun dùrd a-mach às a' Chrematorium. Cò a smaoinich gum biodh beatha duine a bha uair dalma, cumhachdach, a' searmonachadh mar a bu chòir do dhaoine eile a bhith gan giùlain fhèin, agus air an robh gaol aice an dèidh sin, air a dhol na ochd loidhnichean glasa air talamh nach buineadh dha? Bha fhios aig Bellann na ceann gur e sin crìoch nan uile, agus bu bheag an t-iongnadh ged a bha daoine thar nan linntean air oidhirpeachadh cruth agus foirm agus pàtaran a chur air a' mhì-rian agus air an eas-òrdugh a bh' anns a' chruinne-cè. Bhon stòraidh mu Àdhamh agus Eubha, gu treubhan eile a bha dhen bheachd gun do thòisich an saoghal bho bhoinneag beag bainne. Nach iongantach mar a bha sinn a' cur feum air smaoineachadh gun robh sinn gu bhith beò gu bràth, ach ann an riochd eile. Bu mhath co-dhiù nach robh ifrinn a' cluiche a leithid de phàirt agus a bha i uaireigin, loch mhòr teine far am biodh daoine nach robh dhen chreideamh cheart a' losgadh fad sìorraidheachd. Bu chòir a bhith taingeil gun robh sin air atharrachadh 's nach robh cùisean cho borb.

Thòisich i a' smaoineachadh air na searmonan ris an robh aice fhèin ri èisteachd nuair a bha i òg. *An samhradh seachad 's am foghar crìochnaicht' is tusa fhathast gun do theàrnadh.* Agus cha bhiodh tu air do theàrnadh le ge b' e dè, gus an aidicheadh tu gur e peacach a bh' annad agus nach robh thu airidh air barrall bròig chuideigin fhosgladh. *Agus feuch, tha mi nam sheasamh aig an doras agus a' bualadh*: 's e sin am fear a bu duilghe, bhon a bhathas air a chur annad an-còmhnaidh daoine a leigeil a-steach air do dhoras 's a bhith aoigheil riutha.

Caran na h-inntinn. Agus anns a' ghreiseig bhig a bha i fhèin agus Muriel a' dol air ais san tagsaidh gu Great Western Road agus gun aon fhacal eatarra, bha fios aice gun robh i na h-aonar san t-saoghal ach a-mhàin airson an leanaibh a bh' air a siubhal a bh' air a thighinn thuice ann an dòigh ris nach robh a-riamh dùil aice.

B' e Muriel a thuirt, agus iad a' tighinn a-mach às an tagsaidh, "Leanaidh mise orm a-nis sìos am baile chun a' Chailidh."

"Bhiodh e math nan tigeadh tu steach air ais còmhla rium," arsa Bellann. "Tha mi cho fada nad chomain, agus na tha thu fhèin a' dol troimhe. Tha mise nam adhbhar air gu leòr doilgheis eadar thu fhèin agus Ailig Iain le mar a thachair. Thig a-steach air ais."

'S ann fhad 's a bha iad nan suidhe air gach taobh dhen rùm a thòisich an còmhradh a' leudachadh. "Ciamar a thachair seo?" arsa Muriel. "Chanainn eadhon air mo sgàth fhìn, mar bhoireannach ri boireannach, gum biodh e air a thighinn a-steach ort an trioblaid a bha thu a' dol a dh'adhbhrachadh. 'S dòcha seach gun robh thu dhen bheachd bho nach robh teaghlach agad bhuaithe ron seo gu faodadh tu cumail a' dol mar a thogradh tu fhèin. Tha còir aig boireannaich a bhith nas dàimheile ri chèile agus gun a bhith cho deiseil a bhith sadail nam bannan dàimhe sin airson am feumalachdan fhèin. Tha thu fhèin agus Ailig Iain air car a chur dhem bheatha-sa a tha gam fhàgail tinn agus bochd. Tha mi a' creidsinn gum bi thu a-nis ag iarraidh gu fàg e mise leam fhìn agus gum pòs sibh air ais. 'S e sin a b' fhasa dhuibh. Bidh an leanabh a' cur feum air a phàrantan. An dùil dè chanadh d' athair nam biodh e beò le chomasan?"

"Chan ann ri sin a tha mise a' coimhead ann," thuirt Bellann. "Chanadh e gun d' fhuair an Sàtan làmh-an-uachdar orm fhìn agus air Ailig Iain agus gum bu chòir dhuinn a bhith ag ùrnaigh."

"Chan urrainn dhomh mathanas a thoirt dha," thuirt Muriel. "Cha toir mi mathanas dha idir. Cha tòir mi mathanas dha a-chaoidh."

Lìon Bellann glainne bheag bùirn dhi fhèin agus glainne searaidh dha Muriel. "Tuigidh mi," ars ise, "nach tòir, ach rinn an dithis againn seo – mi fhìn agus esan."

"Ged a dh'fhuirinn còmhla ris," arsa Muriel, "agus 's dòcha gu fuirich, bidh seo a' tighinn eadarainn gu bràth. Bidh e mar lot air iomall mo smuain ge b' e dè mar a dh'fheuchadh e ri shlànachadh."

Fhad 's a bha an còmhradh seo a' sruthadh bhuaipe agus gun i buileach cinnteach dè bho ghrian a bha i ag ràdh, bha i cinnteach à aon rud, agus 's e sin am farmad a bha i a' faireachdainn ri Bellann, ga coimhead a' gluasad gu cùramach tron rùm mhòr bhrèagha seo, i gu bhith aig ceann a turais, i a' faireachdainn, 's dòcha, leanabh a' gluasad na broinn, rud nach do dh'fhairich Muriel riamh. 'S bha i fo mhulad nach b' ann aicese a bha leanabh Ailig Iain ri ghiùlain, ged a b' ann eadhon airson mionaid, gus am faireadh i an tlachd air am biodh na boireannaich a' bruidhinn nuair a bhiodh iad air a' chùrsa annasach seo.

21

'S ann am feasgar sin a nochd am ministear agus fear dhe na h-èildearan aig taigh Ailig Iain. Bha e na shuidhe aig an uinneig an ciaradh an fheasgair. Chan fhaigheadh e air dad a dhèanamh. Cha robh Muriel air a' fòn a chur air, agus ged a bha e air Màiri Anna fhònaigeadh, cha robh i ach ag ràdh gun robh Muriel a-muigh. Bha e iomnach an dà chuid mu deidhinn-se agus mu dè a thachradh le Bellann. Bha mar gum biodh slaic na chridhe, agus sac ga iathadh. Mhothaich e do dh'Alasdair a' stad aig an taigh agus gun robh Calum Aonghais Thormoid còmhla ris. Bhlàthaich e riutha. 'S dòcha gun gabhadh iad an Leabhar còmhla.

Cha robh an ceum air blàthachadh air uachdar an làir nuair a dh'aithnich e gur e droch naidheachd a bh' aca. Reoth e. "An e càil tha ceàrr?" dh'fhaighnich e, agus inntinn a' cur nan caran. Rudeigin a bha ceàrr air Muriel – bha Màiri Anna air a bhith ga chleith gus an tigeadh na fir seo sìos a dh'innse dha. Dh'fhairich e an fhuil a' falbh à aodann fhad 's a bha am ministear ag ràdh, "Chan e gnothach furasta a tha seo, Ailig Iain. Tha sinn airson bruidhinn riut mu chuspair duilich."

Thàinig na facail a-mach nan tuil. "Tha sinne an seo airson faighinn a-mach bhuat fhèin a bheil na tha sinn a' cluinntinn mud dheidhinn fìor. Tha sinn an dòchas nach eil e fìor, ach 's e an aon dòigh a gheibh sinn a-mach, 's ann le faighneachd dhut fhèin. Tha d' ainm ann am beul dhaoine, agus tha iad ag ràdh gu bheil dùil aig boireannach ri leanabh bhuat, agus nach e do bhean a th' innte. Tha sinne air cluinntinn gu bheil thu air a bhith a' falbh leis an tè aig an robh thu pòsta airson ùine ghoirid nad òige, agus gu bheil i sia mìosan air a h-adhart le leanabh. Ma tha seo fìor, feumaidh tu innse. Ma tha e fìor, bidh beachd agad fhèin dè a tha e a' ciallachadh a thaobh na h-eaglaise. Tha sinn duilich, Ailig Iain, gur e seo fàth ar turais a-nochd, ach tha sinn toilichte gu bheil thu leat fhèin, agus tha sinn a' guidhe ris a' Chruthaidhear gun can thu rinn nach e an fhìrinn a th' ann."

Bha sàmhchair anns an rùm mar cheò ìseal a' snàigeadh bho bhonn nan dorsan suas gu meadhan nan sèithrichean. Bha dùil aig Ailig Iain gun tachdadh e. Cha robh deamadh a' tighinn bhuaithe. Shuidh iad mar thriùir sheann daoine a bha air an gog a thoirt suas.

"Chan eil seo furasta do dhuine a th' againn ann," arsa Calum, "ach tuigidh tu an suidheachadh. Dìreach innis dhuinn an dara taobh no an taobh eile."

Chuala Ailig Iain a ghuth fhèin ag ràdh, "Cò thuirt sin ribh?"

"Thubhairt," ars am ministear, "barrachd air aon duine. Chan ann a-mhàin sa bhaile seo. Tha e air bilean sluagh na h-eaglaise ann am barrachd air aon choitheanal. Tha greis bho chuala mise e, aig òrdaighean Cheann a' Loch. Ach cha do chreid mi e. Tha fhios agad fhèin na rudan neònach a chluinneas tu far am bi sluagh cruinn còmhla. Ach tric tha naidheachdan air beul an t-sluaigh agus an neach a tha nan teis-meadhan gun càil a dh'fhios aige gu bheil e na chulaidh-iongnaidh."

"Chan eil agamsa ri rudan mar sin a fhreagairt," ars Ailig Iain agus e a' faireachdainn nam facal mar gum b' ann a' tighinn a-mach às a chluasan no às a shròin no às a shùilean. "Tha mi 'g iarraidh a bhith leam fhìn," ars esan. "Tha duine ag iarraidh uaigneas aig àm mar seo nuair a thèid a leithid sin a chur às a leth. Na gabhaibh dona e, ach bhithinn airson gu falbhadh sibh. Faodaidh sibh a thighinn uaireigin eile – chan eil mi a' faireachdainn gu math a-nochd."

Dh'èirich iad is dh'fhalbh iad. Chitheadh e iad a' dol dhan chàr. Nuair a dh'fhalbh iad a-mach an staran, bha fios aige, ged a bha e bho fheum, eadhon ged a bu siud na caraidean, chun a seo, a bu dlùithe a bh' aige, gur fhada mus fhaiceadh e iad tuilleadh a' tighinn tarsainn na starsaich aige.

Mar pheilear às an adhar, bhuail e air gu dè a dhèanadh e. Dh'fhosgail e doras a' phris bhig san dreasair far an robh iad a' gleidheadh na deoch. Thug e an ceann à botal Grouse, lìon e drama mhòr, agus an uair sin chaidh e dhan phreas àrd a bhucas nam pilichean. Thug e grunnan dhiubh sin a-mach às na sreathan agus chuir e air a cheann iad leis an uisge-bheatha, a' feuchainn ris a' phian a bha na chridhe agus na chom a bhòdhradh. Drama no dhà no trì eile às dèidh sin, pile no dhà no trì eile, gus an deach na h-uairean a thìde seachad agus gus an robh a chorp gu lèir gun fhaireachdainn.

Chaidh e air a ghlùinean, ghuidh e ris a' Chruthaidhear le iolach àrd, ag iarraidh mathanas bho thaobh air choreigin, gus mu dheireadh na thuit e air a cheann dìreach, agus gus na bhuail a cheann air a' chagailt chruaidh mhàrmoir ri taobh doras a' chidsin.

22

Bha e fhathast an sin nuair a nochd Muriel air ais dhachaigh tràth an ath latha. Ghabh i beagan iomnaidh nuair nach robh e na coinneimh agus nach robh e a' freagairt na fòn, ach dh'fhaodadh e bhith gun robh rudeigin air a thighinn an-àirde aig Siar nach gabhadh a bhith air fhàgail. Ghabh i briosgadh, agus cha b' e sin am beag, nuair a dhearc a sùil air an t-sealladh a bha mu coinneimh.

Bha dùil aice gun robh e marbh. Thòisich i a' feuchainn ach an robh beò ann. Bha. Bha fuaimean beaga annasach a' tighinn à cùl na h-amhaich aige. Dh'fhosgail a shùilean. Cha robh e a' cuimseachadh oirre idir. Chitheadh i am botal Grouse air an làr gun sgath air fhàgail, agus na sreathan philichean. Ghabh i feagal. 'S ise bu choireach. Bha i air a pheanasachadh gu iomall a chomais. Thòisich i a' bruidhinn ris.

"Ailig Iain, Muriel a th' ann. Tha mi air a thighinn air ais dhachaigh. Tha mi còmhla riut a-nis. Tha mi duilich. Tha thu air tuiteam. Bidh tu OK. Coimhead rium."

Agus ann am bruaillean daoraich agus paracetamol dh'aithnich Ailig Iain gun robh cobhair air a thighinn, gum b' e Muriel

a bh' ann. Dh'fhairich e an seòrsa taingealachd nach robh air a
sheilbhidh bho bha e òg agus a bhiodh athair no a mhàthair ga
thogail às na pollagan nuair a thuiteadh e. Sìth agus fois, agus
cuideigin eile a' gabhail an uallaich. Bha a mhothachadh a' sìoladh
air falbh mar shuaile samhraidh air gainmheach rèidh, ach corr
uair a' toirt priobadh beag mar shoillse fhad' às.

Fhuair Muriel air a leth-shlaodadh agus dòigh air choreigin
chaidh aice air fhaighinn dhan leabaidh. Chuir i am botal agus na
pilichean air ais dhan phreas agus dh'fhònaig i an dotair.

Nuair a thàinig an dotair, cha robh de dh'fheum ann an Ailig
Iain na chanadh càil ann an ceò a' bhruaillein ach seòrsa de
shlugranaich air na facail "Dìreach thuit mi."

Ach 's math a bha fios aig an dotair dè bh' air tachairt. Fhuair
e a-mach bho Mhuriel an rud a bha e air a chluinntinn air beul
dhaoine co-dhiù, an t-slighe dhòrainneach air an robh Ailig Iain
gun taic bho dhuine sam bith, eadhon bho Mhuriel fhèin gu ruige
seo. Dh'fheumadh an suidheachadh seo a bhith air a bhriseadh car
tamaill airson faochadh a thoirt dhan a h-uile neach a bh' ann bho
chèile.

Chaidh Ailig Iain a thoirt a-steach dhan ospadal dhan uàrd
inntinneil am feasgar sin fhèin, airson gum biodh sùil gheur air a
cumail air mus cuireadh e fhathast a làmh na bheatha.

Cha robh e furasta idir an naidheachd a lìbhrigeadh dha mhàth-
air. Ma bha an naidheachd ann am beul dhaoine, 's dòcha gun
robh cuideigin air deireadh agus toiseach na sgeòil a thoirt dhi
an-asgaidh. Ach cha robh. Agus ged a bha Seumas air a chluinntinn
an lùib còmhradh nan taighean-òil, mar eiseimpleir air cho cealgach
agus a bha luchd-frithealaidh na h-eaglais leithid Ailig Iain, an taca
ri cho onarach agus cho ceart agus a bha iadsan, bha e air cumail
sàmhach an dùil dòigh air choreigin gun gabhadh e seachad, oir

na shùilean-san cha robh annainn gu lèir ach coisichean na h-aon slighe, agus gun neach againn càil na b' fheàrr no na bu mhiosa na neach sam bith eile.

B' e Muriel fhèin na bha a' faighinn a-steach a shealltainn air Ailig Iain. A' chiad dà latha thuirt iad rithe gun a dhol faisg air, gum biodh iad airson gum biodh fois aige agus gur e cadal suain nan neoichiontach a thogadh air ais gu slàinte e, an dà chuid na bhodhaig agus na inntinn.

Aig deireadh na ciad seachdain, air latha brèagha geamhraidh, choisich Muriel a-steach dhan ionad inntinneil. Bha Ailig Iain an-àirde, agus e na aodach. Bha e na shuidhe ann an sèithear le druim àrd, agus teilidh bheag mu choinneimh le cartùns. Thug e sùil leth-oireach air Muriel. Dh'fhairich e nàire. Dh'fhairich ise beagan truais. Shuidh i ri thaobh. Chuir i a làmh a-null cùl amhaich agus sgioblaich i a choilear. "Sin a-nis," ars ise, "rudeigin de choltas ort."

Rinn i leth-ghàire, sùil ri sùil, ach bha an t-sùil aigesan le sgleò mharbh, gun dòchas gun dùil. 'S ann an uair sin a dh'aithnich i airson a' chiad uair cho buileach ìosal agus a bha cùisean air a dhol.

"Cha leig thu a leas càil innse dhomh," ars ise. "Tha fios a'm air a h-uile càil a th' air tachairt. Bha fios agam air mus do dh'fhalbh mi a dh'Inbhir Nis an triop ud. Ach tha mi air ais a dh'aindeoin sin."

"Tha mi duilich," ars esan. "An toir thu a-chaoidh mathanas dhomh?"

Agus eadhon ged a bha e na thruaghan agus iochd aice ris mar cho-chreutair, cha lorgadh i facail airson a ràdh ach "Cha tòir. Chan urrainn dhomh sin a dhèanamh."

Ged a bha fios aice gun robh na facail sinn a' dol troimhe chun an smior, dh'fheumadh i an leigeil a-mach, oir b' ann mar sin a bha i a' faireachdainn. Carson a dh'inniseadh i a' bhreug dha? Dè bh' ann am mathanas co-dhiù? Na rudan beaga a ghabhadh àite ann am beatha dhuine, ghabhadh iad sin an cur air dhìochuimhn', ach cha ghabhadh na rudan mòra. Cha robh ann am mathanas na sùilean-se ach facal a bha daoine air a thoirt a-steach an lùib creideimh, agus bha iad ro dheiseil a bhith ga chleachdadh. Bha daoine ann dha nach gabhadh maitheanas a thoirt, agus dha nach bu chòir mathanas a thoirt, agus bhom feumadh tu bhith air d' fhirichean à seo a-mach, ach dh'fhaodamaid, 's dòcha, tòiseach-adh a-rithist, le eòlas ùr. Bhiodh an lot a cheart cho goirt gach turas a thogadh tu oir na sgreab.

"Bidh mi air ais a-màireach," arsa Muriel. "Thuirt iad rium gun fuireach ro fhada a' chiad latha. Bidh mi a' tighinn a h-uile latha. Bheir mi thugad sgonaichean agus gruth a-màireach. Tha thu ag iarraidh do thogail gus am fàs thu gu math. Tha do mhàthair a' cur beannachd. Tha muinntir Siar air a bhith fònaigeadh a dh'fhaighneachd a bheil dad ann as urrainn dhaibh a dhèanamh, agus iad an dòchas gum bi thu nas fheàrr. Agus chuir muinntir na Comhairle flùraichean àlainn thugainn."

Chuir i a làmh air a ghualainn agus thuirt i anns an dealachadh, "Tha mi fhìn cuideachd an dòchas gum bi thu nas fheàrr."

Ma bha càil idir ann, 's ann a bha Ailig Iain a' faireachdainn na bu mhiosa. Cha robh cobhair ri fhaotainn.

23

Ann an ospadal Foresterhill bha Bellann air a druim le preisiur ro àrd, agus mìos aice ri dhol. Bha i fhèin a' tuigsinn a suidheachaidh agus bha fios aice gun robh na seirbheisean slàinte an Obar Dheathain air feadhainn cho math 's a bha san rìoghachd. Bha i a' dol a ghabhail ri càil sam bith a chanadh iad, agus nam feumadh i section, uill, sin mar a bhitheadh. Bha na nursaichean timcheall oirre nam flòthan, a' dèanamh cinnteach nach robh i iomnach agus a' cumail sùil gheur air na h-innealan a bha mun cuairt oirre.

'S ann nuair a thàinig an t-eòlaiche, Dr Crichton, timcheall a bhruidhinn rithe a chuir an dithis aca romhpa gur e section a bhiodh ann madainn a-màireach aig ochd. Bha i, ann an sùilean an lighiche, sean airson a bhith a' toirt leanabh dhan t-saoghal, agus chan iarradh e am preisiur aice a dhol càil na b' àirde.

Bha i le beagan iomagain, ach bha caraid no dhà air an robh i air eòlas a chur an Obar-Dheathain a' cumail taice rithe, agus bha dùil aice gun tadhladh tè dhiubh sin an oidhche sin fhèin.

An ath mhadainn, chaidh tòiseachadh ga dèanamh deiseil airson na h-opairèisein. Nuair a chaidh a cuibhleadh a-steach dhan rùm bheag ri taobh an tèatar, dh'fheuch i ri astar a chur eadar i fhèin agus na bha a' tachairt. Nam b' e 's nach tigeadh i troimhe, bha i air tiomnadh fhàgail dhan leanabh, agus bha i an dòchas gu sealladh Ailig Iain agus Muriel às a dhèidh. Mura sealladh, bha i airson gun deigheadh an leanabh a thogail le Maisie thall an Toronto, ach a' cumail ceangal ri Ailig Iain ann an dòigh air choreigin. Bha i an dùil 's an dòchas nach tigeadh càil dhen sin fo theach, ach bha e na b' fheàrr a bhith air ullachadh a dhèanamh, gun fhios.

Aig fichead mionaid às dèidh ochd rugadh Melanie. Naoi puinnd agus dà unns, gun bhile fuilt, le maileanan bàna agus sùilean gorma. Bha ràn agus sgiamh àrd aice, fallain anns a h-uile seagh. Chaidh a nighe agus gùn-oidhche a chur oirre agus a cur a-steach dhan nursaraidh còmhla ris an fheadhainn bheaga eile aon uair agus gun robh i air a dhol tron a h-uile deuchainn trom bithist ga cur. Chaidh bann a chur mu chaol a dùirn: Melanie Groundwater.

Bha e dà uair a thìde mus do thòisich Bellann a' tighinn tim-cheall. An toiseach cha robh cuimhne aice càit an robh i, ach thàinig cùisean gu chèile gu math aithghearr. Bha nurs a' gabhail a preisiur an ceann gach greiseig, bha i air driop agus bha i a' faighinn fuil. Nàdarrach gu leòr.

Cuin a chitheadh i Melanie? An robh i ceart gu leor?

"Tha," ars an nurs. "Cho ceart 's a ghabhas."

Chuibhl iad a-steach i sa chot gus an robh a h-aghaidh dìreach mu choinneimh aodann Bellann san leabaidh. Aoibhneas agus iongantas. Thàinig na deòir. Obair nàdair air a coileanadh. Ged a bha i goirt agus lag, chuir i a làmh ann an làimh na tè bige. Fo a h-anail thuirt i, "Guma slàn a chì mi mo chailin dìleas donn."

24

'S ann seachdain às dèidh sin a nochd litir fear-lagha gu Ailig
Iain. Bha stampa na companaidh air a taobh a-muigh, agus an
t-àite: Golden Square, Obar Dheathain. Cha robh Muriel air gin a
litir a thoirt a-steach thuige, oir cha robh ann ach an fheadhainn
àbhaisteach, ag iarraidh airgid – luchd an dealain agus muinntir
a' ghas. Dhèiligeadh i fhèin ris an fheadhainn sin. Bha cairt no dhà
air a thighinn cuideachd – ach cha robh i air an toirt thuige fhathast.
Bha litir an fhir-lagha a' cur dragh oirre. Smaoinich i gu fosgladh i
an litir. An dèidh sin cha b' urrainn dhi, oir cha robh sin aca mar
fhasan, a bhith a' fosgladh litrichean a chèile.

Bhuail i na trì chairtean agus litir an fhir-lagha na baga agus
chitheadh i dè mar a bhiodh cùisean aon uair agus gun robh i air
an t-ospadal a ruighinn. Thòisich i a' smaoineachadh ach gu dè a
bha e air a dhèanamh agus gum biodh a leithid de litir ann dha. Le
nach robh e air a bhith ag innse na fìrinn dhi sa ghreis ud, bha i ga
h-ullachadh fhèin airson an tuilleadh cruaidh-fhortain a thighinn
an taobh a bha i. 'S dòcha gur e litir bho fhear-lagha Bellann a bhiodh

97

ann, gus am biodh i cinnteach gun cuireadh Ailig Iain taic-airgid ris an leanabh. Coltach ri rud a dhèanadh i, smaoinich Muriel, agus coltas gun robh gu leòr aice fhèin. Uill cha robh fios.

Bha Ailig Iain san rùm-suidhe mhòr nuair a ràinig i. Bha dreach an tinneis air. Bha e air a dhol ìosal, fo leòn, an taobh trom-inntinneach air gabhail a-null gu tur. Bha e na shliopars, agus càrdagan air a bha fada ro mhòr dha, a fhuair e bho thè dhe na nursaichean air sgàth 's gun robh e a' faireachdainn caran fuar; e a' coimhead gu tur na euslainteach, na bhodach ciorramach gun lùths inntinn no bodhaig. Bha e duilich do Mhuriel smaoineachadh nach robh e an dà fhichead bliadhna dùinte, gun robh an t-atharrachadh air a thighinn air cha mhòr ann am priobadh na sùla. Shaoil leatha gun tàinig gluasad beag air a lipean nuair a mhothaich e dhi. Shuidh i ri thaobh.

"Carson a tha thu a' tighinn?" thuirt e. "Chan eil mi airidh ort."

"Air gu bheil no nach eil," ars ise, "tha mi an seo. Dè mar a tha thu?"

"Fuar," ars esan.

"Tha litrichean agam dhut. Cairtean, tha mi a' smaoineachadh. Tha litir bho fhear-lagha ann cuideachd."

Cha tuirt e smid an toiseach. "Fosgail iad, ma-thà."

Bha cairtean ann às leth luchd-obrach Siar, tè bhon Chomhairle agus tèile bho Eilidh Tharmoid, tè de charaidean a mhàthar. "Eilidh," ars esan. "Cha b' i nach gleidheadh an càirdeas."

"Cha b' i," arsa Muriel. "Cuimhn' agad cho math 's a bha i dhuinn anns na lathaichean òga tràtha?" Cha tuirt e càil. Cha robh na bha sin de chòmhradh aige. Bha e na b' fhasa a bhith balbh.

"Am fosgail mi an litir seo bho na fir-lagha?" arsa Muriel.

"Ma tha thu ag iarraidh," ars esan.

"'S ann thugadsa a tha i," ars ise. "Tha i a' coimhead tomadach."

"Do thoil," ars esan.

Dh'fhosgail i a' chèis agus thòisich i a' leughadh, a sùil a' dol thairis air na facail mar fhlais. Cha robh i a' creidsinn seo. Leugh i a-rithist i, ach na bu mhionaidiche. Choimhead i ris. Bha e fhèin le iomnaidh na shùilean. An robh e air càil a dhèanamh? Murt, 's dòcha?

"Abair naidheachd," ars ise. "Tha am fear-lagha seo ag innse gun do bhàsaich athair Bellann, agus gun do dh'fhàg e dàrna leth 's na bh' aige san t-saoghal agadsa. "Chan eil na fir-lagha cinnteach fhathast dè na bhios ann, ach tha iad dhen bheachd gum bi co-dhiù £400,000 ann."

"Cha ghabh sin a bhith," ars Ailig Iain. Cha robh an seo ach fear dhe na bruaillein anns an robh e ga fhaighinn fhèin. Caran na h-inntinn.

"Tha litir an cois seo," arsa Muriel, "a dh'fhàg e airson gu leughadh tu i às dèidh a bhàis. 'S i a th' anns a' chèis ruadh a tha seo ceangailte ris an lethbhreac dhen tiomnadh aige. Nach leugh thu fhèin i. Bidh i pearsanta."

"Leugh fhèin i," ars Ailig Iain.

Leugh Muriel:

Dear Alick Iain,

Please do not be surprised by the contents of this letter. I have always loved you as my son-in-law, and it was an answer to my prayers that you turned from the ways of the world to those of the Eternal Creator to whom we all have to answer at the great final day. I have never understood why my own daughter, whom I love deeply, was not able to join you in being at one with the Lord, but that mystery will be unfolded to us all one day. To me you will always be my true son-in-law who kept my confidences, and Bellann's true husband, even although you have meantime gone your separate ways. It is because of these feelings I have, and because the first vows you took in respect of my daughter, that I want you to have half of my estate, as if you had remained legally married to her. I know that you have another wife, who is at one with you in the Lord, and it may be that what I leave to you can be used by you both for any family you might have.

Rev. Martin Smith.

"Uill, uill," arsa Muriel. "Uill, uill. Uill, uill . . ."

"Nach ann aige bha an t-airgead," ars Ailig Iain, mar nach biodh e air an rud a ghabhail a-steach idir. "'Eil fhios cuin a bhàsaich e?"

"Tha," arsa Muriel. "Chan eil fada bhuaithe. Bha mise air an adhlacadh aige bho chionn ghoirid, ann an Obar Dheathain. Mi fhìn agus Bellann."

Shaoil leatha gun robh a shùilean a' tighinn beò beagan. "Chan eil mi ga do thuigsinn," thuirt e.

"Luathadh a bh' ann," arsa Muriel. "Cha robh duine aice ach i fhèin, agus cha b' urrainn dhomh a leigeil ann na h-aonar anns an t-suidheachadh anns a bheil i. Adhlacadh lom, dust air uachdar na talmhainn. Deireadh sgeòil."

Agus shuidh Muriel an sin còmhla ri Ailig Iain agus lìbhrig i an sgeul dha, mar a chaidh i a dh'Obar Dheathain a thoradh amharais, cho mòr agus a bha i a' faireachdainn air a brath leis, nach robh i idir a' lorg nàdar a' mhathanais innte fhèin, gu feumadh fios a bhith aige air a sin, gu h-àraid ma bha iad a' dol a dh'fhuireach còmhla, agus nach robh càil a mhath dha a bhith a' sùileachadh mathanas bhuaipe airson an aimhleis a bha e air a thoirt nan crannchur.

Chuir i na litrichean air ais a bhroinn nan cèisean, agus le cridhe trom thuirt e rithe an toirt dhachaigh leatha. Nuair a thionndaidh i aig doras na uàrd airson smèideadh ris, bha a shùilean air dùnadh agus a cheann air ais san t-sèithear.

25

Bha Melanie a' tighinn air adhart gu math. 'S ann air a' bhotal a bha i. Cha robh Bellann fhèin a' faighinn air adhart mar a bha dùil. Bha i glè mhath na h-inntinn, agus dàimh mhòr eadar i fhèin agus an leanabh. Shaoil le na dotairean gun robh i air barrachd cuideam na bu chòir a chall, agus bha na deuchainnean fala a' sealltainn gun robh an fhuil aice air a dhol gu math ìosal. Bha i a' cur feum air togail, air sìth agus fois. Cha bhiodh sin cho furasta, agus gun mòran cuideachaidh aice. Bha dòrtadh fala air a bhith oirre agus bha i gu math na bu laige air sgàth sin. B' e faighinn dhachaigh a bha a dhìth oirre a-nis, agus dh'fhastaidheadh i cuideigin prìobhaideach airson a' flat ullachadh agus a bhith a' fuireach còmhla rithe car tamaill gus am faigheadh i a lùths air ais. Cha bhiodh sin ro dhuilich. Bhruidhneadh i ri Patsy nuair a thigeadh i a shealltainn oirre a-màireach. Bha Patsy air a bhith gu math fritheilteach, agus bha fios aice dè a dhèanadh i. Cha shaoilinn nach leig iad dhachaigh mi an ceann latha no dhà, smaoinich i, nuair a gheibh mi air cùisean a chur air dòigh, bhon a tha Melanie cho làidir.

Agus a h-uile uair a dhearcadh a sùil air Melanie bheag àlainn, 's e bha roimhpe an sin ach ìofachd Ailig Iain, agus beagan de shamhla ri cuideachd a màthar. Cha robh i air guth a chluinntinn. Bha leth-dhùil aice gur dòcha gun cuireadh Muriel fios air choreigin, ach sin mar a bhitheadh. Nuair nach robh eòlas agad air daoine, cha b' urrainn dhut a bhith cinnteach cò a bh' agad. Cha robh ise ag iarraidh càil bhuapa co-dhiù; bha i fhèin comasach gu leòr air an gnothach a dhèanamh. Bha i ga fhaighinn cho iongantach a bhith na màthair, ged nach cuireadh càil a-chaoidh air falbh an ciont a bha fhathast ga leantainn mu a ciad gineil – an ciont a bh' air dùsgadh a-rithist agus a bha ga cumail fo a smàb ge b' oil leatha.

Smaoinich i gum bu chòir dhi na cairtean a bha i air fhaighinn an-diugh fhosgladh. Tè bho bhuill na buidhinn-obrach, agus tè bhon bhoireannach a bhiodh a' glanadh an taighe dhi. Sin uile e.

'S ann sa mhionaid sin fhèin a thàinig e a-steach oirre gum bu chòir dhi fios a leigeil gu Ailig Iain gun do rugadh Melanie. Lag 's mar a bha i, chaidh i sìos chun a' fòn, ach chuimhnich i nach robh àireamh fòn aice air a shon. Fhuair i e bhon loidhne-fiosrachaidh. Mach à seo. Siud e a' gliongail air taobh siar Leòdhais.

Cha robh duine ga freagairt, agus dh'fhàg i teachdaireachd ag innse gun robh leanabh nighinn aice, Melanie, naoi puinnd agus dà unns, fallain, làidir mar bu chòir. Thuirt i nach robh i a' sùileachadh guth air ais, gur ann a bha seo airson fiosrachadh mus cluinneadh iad aig duin' eile e.

'S ann nuair a thill Muriel dhachaigh a fhuair i am fios. Shuidh i. Bha i air breith an leanaibh a chur gu cùl a h-inntinn, agus 's ann a ghabh i seòrsa de bhriosgadh. Nighean bheag aig Ailig Iain agus Bellann. Chuir i a làmhan mu a beul mar gum biodh i a' casg càil sam bith a dh'fhaodadh i a ràdh. Dh'fhairich i goirteas nan deur air cùl a sùilean agus smaoinich i cho cruaidh agus a bha a cuibhreann. Carson a bha e cho cruaidh ri seo?

An robh e cruaidh? Dh'fheumadh i èirigh os a chionn. Dè a dhèanadh i dheth? Dè dhèanadh tu de chàil a bh' ann? Nuair a smaoinicheadh i, cha robh a' tachairt rithe ach uaigneas, a' sireadh freagairt far nach robh fear.

An ceann greis sheas i anns an àradh bheag agus chaidh i suas dhan lobht, chun an oisein a b' fhaide thall. Thug i sìos an ceas beag dorch agus dh'fhosgail i e. An sin bha a' Hohner dà shreath mar a bha i air cùl a chur ris o chionn deugachadh a bhliadhnachan. Dh'fhosgail i e le faiceall. Mus robh fios aice dè bha a' tachairt, bha i a' cluiche air a socair fhèin: an seata leis am biodh i fhèin, Mobà agus Heins a' tòiseachadh na h-oidhche latha dhen robh 'n saoghal: *Mo Nighean Donn nam Meall-shùilean, A Rìbhinn, a Bheil Cuimhn' Agad?* agus *An Tèid Thu Leam, Mo Nighean Donn?* mar gum biodh i air a bhith gan cluich aig dannsa a-raoir fhèin, ach fios aice na ceann nach b' adhbhar dainns a bh' aice, ach ann an dòigh ghlòrmhoir eile gun robh i ga saoradh fhein bho cheanglaichean a bh' air a bhith ga cuingealachadh o chionn fhada.

26

B'ann an ath mhadainn a fhuair i fios bhon ospadal air a' fòn. 'S e tè dhe na nursaichean a bha seo, a' faighneachd am biodh i a' tighinn a-steach an-diugh – nam bitheadh gun robh Dr MacDougall ag iarraidh a faicinn. Bha e airson ùine bheag a shuidheachadh ro-làimh air dhòigh 's gun dèanadh iad còmhradh mu dè mar a bha Ailig Iain a' faighinn air adhart. B' fheàrr leis a faicinn mus deigheadh i steach gu Ailig Iain.

Bha Dr MacDougall na shuidhe air cùl deasg a' feitheamh na oifis fhèin. Nuair a nochd Muriel a-steach, thàinig e gu beulaibh an deasg agus rug e air làimh oirre. Duine càirdeil, le aghaidh ruidhteach, mar gum biodh e muigh a h-uile mionaid a gheibheadh e.

Às dèidh dhan fhàilteachadh a bhith seachad, shuidh iad mu choinneimh a chèile. Cha robh e a' faighinn seo furasta. Cha robh no ise.

"Chan eil," ars esan, "Ailig Iain a' dèanamh piseach mar a bhiodh sinn a' dùileachadh. Mar as trice, le trom-inntinn dhen t-seòrsa seo a ghabhas a cheangal ri tachartasan na beatha mar a tha an rud a dh'èirich dhàsan" (Seadh, dhàsan, ars ise rithe fhèin), "agus le na drogaichean a tha sinn a' toirt dha, bu chòir gum biodh umhail air choreigin ri chur air. Tha e beagan nas fheàrr eadar na h-amannan a bhios tusa a' tighinn a shealltainn air, ach tha e a' dol ìosal dìreach mus tig thu agus a' cadal airson ùine mhòir às dèidh dhut falbh. Dè an seòrsa còmhraidh a tha a' dol eadaraibh fhad 's a tha thu ann?"

"Tha dìreach còmhradh pearsanta, mu rudan a bhuineas dhuinn fhìn."

"Tha e," arsa Dr MacDougall, "ag ràdh rium gu bheil thu air a ràdh ris nach toir thu mathanas dha a-chaoidh airson mar a thachair nur beatha. A bheil sin ceart?"

"Tha sin ceart," arsa Muriel.

"Uill," arsa Dr MacDougall, "feumaidh tu mathanas a thoirt dha, 's e sin ma tha sibh dol a bhith còmhla. A bheil sibh?"

Sàmhchair.

"M-mm."

"Bheil gaol agad idir air, air dhòigh 's gun toir thu dha mathanas?"

"Tha gaol agam air," arsa Muriel, agus i ga faireachdainn fhèin làidir. "'S cinnteach gu bheil fios agad fhèin nach eil gaol agus mathanas an lùib a chèile. Tha còmhradh agus creideamh air an dà rud sin a chur còmhla thar nan linntean. Tha e san fhasan a bhith a' bruidhinn air mathanas. Tha gaol agamsa air Ailig Iain, ach cha toir mi idir dha maitheanas. Bidh ri tòiseachadh às ùr. Bidh ri rudan a chur an dàrna taobh. Ach innsidh mi aon rud dhut. Nan tugadh sibhse a-staigh an seo dha na bu lugha de philichean, agus na bu mhotha de cho-fhaireachdainn agus de dh'iochd, chan eil mise ag ràdh nach dèanadh e piseach. Chan eil siostam de sheòrsa sam bith agadsa an seo airson euslaintich a thoirt air adhart ach a' feuchainn ris a' choire a chur air na daoine as motha aig a bheil gràdh orra. Tha rùintean math agad, ach chan eil sin gu leòr. 'S e tha dhìth ach tuigse, chan e a bhith a' siubhal nan aon chùrsaichean gu Latha Luain, a' cur nan aon formulathan ris a h-uile suidheachadh air an tig thu tarsainn."

Cha robh fios aig MacDougall dè chanadh e. Bha luchd an eilein dualtach a bhith na b' umhail na seo dha leithid-san, gu h-àraidh boireannaich a bha an innibh na seirbheis.

Ach cha robh Muriel tuilleadh deònach a bhith umhail do dhuine sam bith. Chanadh i an rud a bh' aice ri ràdh. B' ise a bha riaghladh an t-suidheachaidh an-dràsta. "Tha mise a' dèanamh dheth," ars ise, "gu bheil psychiatry dhen t-seòrsa a tha a-staigh an seo air a dhol na chreud dhuibh, a' fàgail dhaoine nan suidhe fad an latha, gun oidhirp sam bith air tuigsinn dè tha tighinn riutha no dè mar a tha iad fhèin a' leughadh an t-suidheachaidh anns a bheil iad." Shaoil leatha fhèin gun robh i mì-mhodhail, a' bruidhinn ri dotair anns an dòigh ud, ach ma bha, dragh.

'S ann às dèidh sin a chaidh i steach a shealltainn air Ailig Iain. Bha e fhathast leis a' chàrdagan mhòr ud air, agus a shùilean ann an sgleò. Thog e rithe.

"Bheil thu ag iarraidh smaoineachadh air a thighinn dhachaigh?" ars ise.

"Chan eil fios a'm cuin a leigeas iad dhomh a dhol dhachaigh," ars esan. "Am faod mi a thighinn dhachaigh? Bheil thu gam iarraidh aig an taigh?"

"Tha fhios gu faod thu a thighinn dhachaigh. Nach e do dhachaigh fhèin a th' ann."

Sàmhchair.

"Tha rud agam ri innse dhut," ars ise. "Tha fios air a thighinn bho Bhellann gu bheil nighean bheag agad."

Choinnich na sùilean aca. Thòisich e a' gal. Chùm e air a' gal.

Chuir iad an gàirdeanan mu chèile. Chuir i a làmhan tro fhalt. Choinnich na sùilean aca a-rithist, muladach, neo-thuigsinneach, faisg.

"'Eil iad gu math?" ars esan.

"Tha," arsa Muriel. "Melanie a th' oirre. Naoi puinnd agus dà unnsa. Nach math dhuibh."

'S fhad 's a bha iad an sin ann an glaic a chèile, dh'fhairich e airson a' chiad uair bho chionn fhada gun robh beagan faochaidh air a thighinn, ged a bha a cheann cho aotrom ri it', agus ged nach robh e ach ag iarraidh crùbadh a-steach dhan t-sìochraidh agus geamhrachadh an sin gus an tigeadh sìde mhath, nan tigeadh a-chaoidh.

Nuair a bha i a' fagail an ospadail, sheall Muriel ach an robh Dr MacDougall fhathast na rùm. Bha. Chaidh i steach agus, mar gum biodh i a' toirt òrdugh dha, thuirt i ris gun robh ise dhen bheachd gum bu chòir dha Ailig Iain latha fhaighinn aig an taigh a dh'ùine gun a bhith fada, 's dòcha an ath sheachdain, airson toiseach tòiseachaidh a dhèanamh air a shlàinte a thogail air ais. Fhuair i i fhèin bragail, cinnteach, a guth air a dhol ìosal ach le faobhar, a' lorg coire nam biodh i ri faighinn.

"Dè tha a' dèanamh dragh dhut?" arsa MacDougall. "Nach suidh thu ach am bruidhinn sinn air a seo?"

"Na bi thusa a' tighinn an seo," ars ise, "le do bhriathran mìn. Tha mise ro eòlach," ars ise, "air briathran gun bhrìgh, agus tha iad ro dheiseil a bhith a' sruthadh a-mach à beòil psychiatrists. Dè an taic a thug thu dha a-staigh an seo? Na chaith thu ùine sam bith a' coimhead ri bheatha còmhla ris, bheil fios agad air càil mu dheidhinn ach am beagan a dh'innis mise dhut aig an toiseach? Chan eil. Shad thu pilichean thuige gus am fuireadh e ann an suain, agus eadar sin agus e bhith a' coimhead chartùns air an telebhisean, sin e."

Agus le rudhadh na gruaidh agus a taobh staigh a' cur nan caran, choisich ise, Muriel Aonghais Bhàin, a-mach às a' uard, tron a' foyer, agus e a' tighinn a-steach oirre nach robh i aon uair air 'sibh' èigheach air an dotair.

27

'S ann madainn Dimàirt a bha Ailig Iain a' dol a thighinn
dhachaigh, ach dìreach airson earrainn bhig dhen latha. Bha tè
dhe na nursaichean air fios a chur às leth MhicDougail às dèidh do
Mhuriel ruighinn dhachaigh. Uill, smaoinich i, rinn mo bhriathran
feum air choreigin. Ged nach robh e a' tighinn thuice gu nàdarrach
a bhith cho rasanta, bha i air neart a thogail innte fhèin ge b' oil
leatha. Agus mar bu mhotha a dheigheadh aice air dìblidheachd
nam bliadhnachan a chrathadh dhith, smaoinich i gur dòcha gun
deigheadh aice air pìos dhith fhèin a bh' air a bhith air chall ùine
mhòr a lorg air ais agus gun tugadh i cumadh air a bhiodh a chum
maith.

Chaidh Muriel a dh'iarraidh Ailig Iain mu dheich uairean
agus ràinig iad dhachaigh mu aon uair deug. Bha i air biadh
ullachadh an oidhche ron a sin, pìos bradain a bha sa freezer bho
shamhradh, agus bha i air sabhs a dhèanamh air cuideachd. Bha
i ag aithneachadh gun robh e a' faireachdainn an-fhoiseil mar
a b' fhaisge a bha iad a' tighinn air an taigh, agus nuair a bha iad
a' tighinn a-mach às a' chàr chuir i a làmh fo a ghàirdean mar gum

b' e duine crùlainneach a bh' ann airson a chuideachadh a-steach. Chaidh e steach dhan chidsin le ceum slaodach mì-chinnteach, agus ghabh e air tron taigh a' coimhead bho thaobh gu taobh mar gum biodh e air a bhith air falbh ùine mhòr. Chunnaic e anns an dol-seachad an sèithear far na shuidh an t-èildear 's am ministear. A dh'aindeoin cùise, cha robh e a' faireachdainn feirg – cha do rinn iad ach an rud a dh'fheumadh e fhèin a bhith air a dhèanamh nan robh e san aon suidheachadh riutha, bochd 's gun robh e.

'S ann 's iad nan suidhe a' gabhail a' chiad chupan cofaidh a dh'innis e dhi gun robh iad air a bhith a' sealltainn air am feasgar ud, agus gun robh an naidheachd mu dheidhinn fhèin agus Bellann air beul a' bhaile. "'S ann airson nach fhuilingeadh tusa a rinn mi siud," ars esan.

"Aidh," arsa Muriel. "Ge b' e carson a rinn thu e," ars ise, "cuir air do chùlaibh e. Ma tha sinne a' dol a dhèanamh càil dhe ar beatha, feumaidh sinn na rudan seo a chur air ar cùlaibh. Bu chaomh leamsa beatha ùr a thòiseachadh dhomh fhìn. Tha mi air a bhith a' cluich a' bhucais bhig sin cha mhòr a h-uile h-oidhche bho chionn seachdain, agus 's e a tha cumail mo chiall rium. Tha mi air bruidhinn ri Mobà agus ri Heins, agus tha iad a' dol a thighinn sìos a chluich còmhla rium a h-uile h-oidhche Luain, a' tòiseachadh an ath Dhiluain. Sin an aon dòigh anns an tig slàinte air ais thugam – slighe a' chiùil."

"Dèan thusa mar a chì thu fhèin iomchaidh," ars Ailig Iain, agus e toilichte gun robh ùrachadh air a thighinn à àiteigin. Bha i air fàs cho cinnteach an taca ri mar a bha e a' smaoineachadh a bhitheadh i.

"Na smaoinich thu," ars ise, "gu dè a nì sinn leis an airgead?"

"Uill," ars esan, "chan eil fios agam an gabh mi an t-airgead. 'S e airgead gun chiall a th' ann."

"Ge b' e càit an d' fhuair e na bha siud," arsa Muriel. "'S iongantach mura tàinig e steach air airgead."

"Bha fios agamsa gun robh airgead math aige, ach cha tàinig e riamh a-steach orm gun tigeadh sgath dheth an taobh a bha mise."

"Bidh mise glè dhuilich mura gabh thu an t-airgead," arsa Muriel, le beagan cais na guth. "Bha e airson gum biodh e agad. Tha sliochd agad a-nis aig am fàg thu e, no a' chuid nach caith thu co-dhiù. Feumaidh sinn comhairle a ghabhail. Nuair a bhios tu nas fheàrr, thèid sinn a dh'Inbhir Nis, agus lorgaidh sinn cuideachadh an sin. Dè na 'confidences' air an robh e a-mach san litir?"

"Cha robh," ars Ailig Iain, "ach air rudan beaga gun seagh mu dhaoine thall 's a-bhos. Cha mhòr gu bheil cuimhne agam dè fiù a bh' annta."

'S ann an dèidh dhaibh beagan ithe aig tràth-diathad a chaidh aice air a ràdh ris mu dheireadh thall, "Dè tha thu dol a dhèanamh mu Mhelanie?"

Chuir e a dhà làmh air aodann. Shuidh e le shùilean sìos. Melanie, a nighean. Nach bu neònach an rud a bh' air a chur a-mach dha. "Chan eil mise gu math fhathast airson dad a dhèanamh. Chan eil math dhut a bhith a' cur cuideam mar sin orm. Bidh an leanabh all right."

"Chan eil mi," arsa Muriel, "a' cur cuideam ort. Ach tha dùil agamsa falbh a dh'Obar Dheathain toiseach na h-ath-sheachdain, gus am faic mi fhìn i, seach nach eil thusa fiot. Cha toir e ach dà latha. Chan eil fios a'm gu dè a thig nar crannchur fhathast, ach tha mise ag iarraidh seo a dhèanamh. 'S dòcha nach bi thu ag iarraidh gu fuirich mi fhìn 's tu fhèin còmhla an còrr dhe ar beatha ann. 'S dòcha gum bi thu ag iarraidh còmhla rithese. Ma bhitheas, feumaidh mise gabhail ri sin. Bidh mi glè dhuilich mas e sin a thachras, ach tha mi mu thràth a' tòiseachadh a' togail dòigh eile air a bhith beò.

Tha aig gu leòr ri sin a dhèanamh. Agus chòrdadh e rium co-dhiù leanabh leatsa fhaicinn."

Cha robh freagairt aigesan dha na rudan sin. Bha e air tòiseachadh a' fàs sgìth. Agus cha robh eanchainn ag obrachadh ceart dha. Bha fadachd air faighinn air ais dhan ospadal. Thug i air ais e mar a gheall i dhan nurs, mu cheithir uairean.

Thug an nurs dhàsan dà phile, agus phòg Muriel e gruaidh ri gruaidh.

"'S cinnteach," ars ise san dealachadh, "ma dh'fheuchas sinn, gun tèid againn air rèite air choreigin a ruighinn, gun gabh dàimh nam bliadhnachan a ghleidheadh, gu bheil dòigh air choreigin ann air a bhith beò, gun gabh a' ghreiseag seo dhe ar beatha seachad, gu fuirich sinn còmhla agus gun coimhead sinn air ais air a seo nar seann aois mar rud air an tug sinn buaidh."

Rug iad an uair sin air làimh air a chèile, cridhe agus sùilean làn, gus an tàinig fiamh a' ghàire a bheothaich na h-aodainn aca airson tiotadh, ach a shìolaidh dhan uaigneas mar gum biodh cnap luaidhe gan slaodadh gu grunnd na mara.

28

—>●<—

Dh'fhalbh Muriel a dh'Obar Dheathain an ath mhadainn. Thug i leatha an càr agus dh'fhuirich i sa Chailidh air Union Terrace mar a rinn i an turas eile. Dhràibhig i suas gu Foresterhill agus bha i a' feitheamh air taobh a-muigh na uàrd airson a dhol a-steach aig trì uairean. Bha Bellann an sin a' leughadh leabhar, agus a' bhìodag sa chot ri taobh. Dh'fhairich Muriel stadaich a' tighinn na casan, ach chùm i a' dol gus an robh i aca. Sheas Bellann. Rug iad air làimh air a chèile. Chaidh sùilean Muriel sa bhad chun an leanaibh a bha na cadal sa chot. Bha sùilean Bellann a' coimhead an dorais, beagan dòchais gur dòcha gun robh Ailig Iain ann – sradag bheag a' lasadh airson tiotadh agus a' dol às – measgachadh de dh'iomnaidh agus de dh'iarrtas.

"Chan eil ann ach mi fhìn," arsa Muriel, mar gun robh Bellann air a' cheist a chur, no mar gun robh i air aigne Bellann a thuigsinn.

"Rinn thu math a thighinn," thuirt Bellann. "An tàine tu dh'aon ghnothaich?"

"Thàinig. Tha an càr agam an triop s'."

Bha Melanie na suain sa chot – slàn fallain. Thug Muriel teadaidh
pinc le cnot geal le spotan às a baga agus chuir i e aig a casan sa
chot. Choinnich a sùilean fhèin agus sùilean Bellann. Cha robh càil
ri chluinntinn ach còmhradh chàich – fuaimean cruaidhe Obar
Dheathain, gàireachdainn agus toileachas.

Anns an t-sàmhchair a bh' eatarra cha dèanadh Bellann a-mach
dè an seòrsa boireannaich a bha seo, carson a bha i ga cur fhèin
tro dhòrainn, carson a bha i cho reusanta agus cho meat aig àm
far am biodh e na bu nàdarraich dhi bhith ann an riochd farmaid
agus feirg? Agus anns an t-sàmhchair chuir Muriel a làmh air
maoil na tè bige agus rinn Melanie gàire fann na cadal. Bha Muriel
a' feuchainn ri a samhlachadh ri Ailig Iain, ach cha b' urrainn dhi
– 's e a bh' innte ach leanabh mar a h-uile leanabh eile agus cha robh
i coltach ri neach sam bith fhathast. Nach bochd nach b' ann leatha
fhèin a bha an leanabh – nach bochd gun ghabh na rudan seo àite
a-riamh. Ach – bha an leanabh ann, agus bhitheadh an leanabh ann,
mar chomharr air a seasgachd-se agus air torrachas Ailig Iain agus
Bellann. Agus thàinig facail an t-seann amhrain a-steach oirre: *'S
mis' a' bhean bhochd, hò hoil il ò, chianail, dhuilich, hù rù*, agus nam
biodh turraban mar fhasan aice ann an doilgheas, bhiodh i air sin a
dhèanamh airson faochadh dha a corp agus a smuain.

'S ann anns na smuaintean sin a dh'fhaighnich Bellann an robh
Ailig Iain idir airson Melanie fhaicinn. Agus 's ann an sin a dh'innis
Muriel dhi na bha air gabhail àite nam beatha bho bha ise air a bhith
muigh mu dheireadh, gun robh Ailig Iain san ospadal ach a' tighinn
air adhart, gun robh i fhèin air dèanamh gu math follaiseach dhan
dotair nach robh iad a' dèanamh faisg gu leòr airson piseach a thoirt
air a shlàinte. Ise, arsa Bellann rithe fhèin, nach urrainn a cuid feirg
a shealltainn an seo idir.

Dh'innis Bellann dhìse mar a bha a fuil air a dhol sìos agus gu feumadh i fuireach a-staigh san ospadal cola-deug na b' fhaide na bha dùil, oir gun robh i a' cur feum air fois agus slànachadh, gun robh Melanie fiot gu leòr air a dhol dhachaigh nam biodh duine aig an taigh a shealladh às dèidh na dithis aca. Seach nach robh duine ann san robh leithid sin a dh'earbsa aice, gu feumadh Melanie a bhith san ospadal cuideachd.

"Faodaidh sibh a thighinn dhachaigh," thuirt Muriel mus robh fios aice dè bha i ag ràdh. "Cuiridh mise a' flat air dòigh, agus fuiridh mi còmhla ribh latha no dhà gus am faigh thu air do chasan. Bidh tu nad dhachaigh fhèin, agus bidh Melanie ann cuideachd. 'S iongantach mura feum thu smaoineachadh air taigh fhaighinn an àite flat," arsa Muriel agus i a' fàs na bu dàine, " – chan eil e cho freagarrach sin do leanabh a bhith ann an àite far nach eil leas."

Dh'fhairich Bellann i fhèin a' tarraing air ais. "Cha bhiodh sin idir freagarrach," ars ise. "Feumaidh tu smaoineachadh air Ailig Iain. Tha e san ospadal. Tha e a' cur feum ort. Chan urrainn dhut cùl a chur ris mar sin. Agus eadhon ged a bhiodh tu airson cùl a chur ris, cha bhiodh e freagarrach dhomh fhìn 's dhut fhèin a bhith an lùib a chèile mar a tha thu ag ràdh. Cha tigeadh e ach gu àmhghair a bharrachd dhan cheathrar againn. Leamsa a tha Melanie. Leamsa a bhitheas Melanie. Tha fhios gu bheil còir aig Ailig Iain a faicinn ma tha e ga h-iarraidh, ach cha robh mise ag iarraidh càil oirbh bho thùs ach m' fhàgail aig fois."

"Cha do rinn thu fhèin cho math airson na foise," arsa Muriel. "Tha làn-fhios agamsa nach ann leam a tha Melanie, ach 's ann leam a tha Ailig Iain."

Cha tuirt tè seach tè aca càil. Mar gun robh na facail sin a' seòladh na h-iarmailt gun fhreagairt, agus nan cuireadh tu air a' mheidh iad nach robh fhios dè an taobh air an tigeadh iad sìos.

"Agus seach gur h-ann – fhathast, co-dhiù – tha facal agam anns a' chùis seo. Cuimhnich cho fortanach 's a tha thu gineal a bhith agad: tha feadhainn ann a tha gan toirt seachad, no a' cur às dhaibh mus tig an gineal gu ìre, agus tha mise an seo a' tabhach bannan a thogail eadar an triùir agaibh agus gun càil agam, a rèir coltais, air a shon. Feumaidh Ailig Iain aghaidh a chur air na thachair; tha sin gu bhith duilich dha aig an taigh. Dh'fhaodadh sinn gluasad a-mach an seo fhèin gus an cluicheadh e pàirt ann an togail Melanie, gus am biodh fios aice gur e a h-athair."

"'S fheàrr le Ailig Iain a bhith aig an taigh," arsa Bellann. "Gheibh e taic aig an taigh."

"Dè an taic?" thuirt Muriel. "Bheil fhios agad air a seo: chan eil duine de luchd-dreuchd, no am ministear fhèin, air a bhith fiù a' sealltainn air Ailig Iain bho dh'fhàs e tinn. Chan eil anns an eaglais ach club. Adan daora is aodach spaideil. Bha mi fhìn mar sin airson iomadh bliadhna. Chan urrainn dhomh ploc a shadail."

"Tà," arsa Bellann, "chan atharraich Ailig Iain. Tha e gu bhith a' strì rithe gu ceann a lò. Dh'aithnich mise sin gu math tràth nuair a lean e i. Tha e cho ceangailte rithe 's ged a bhiodh i na bhroinn, eadhon ged nach eil e a' faighinn taic sam bith bhuaipe na chruaidh-fheum. Tha ise agus an seanchas a tha na cois ann chun an smior-caillich, ged a bhiodh iad cho damait ris agus a ghabhadh. Buail do chù – 's ann thugad a ruitheas e."

"Nach eil pìos dhith sa h-uile duine a th' againn ann," thuirt Muriel. "Nuair a thèid do thogail mar a chaidh sinne, tha na rudan a chaidh a chur annad nad òige a' greimeachadh riut mar chòineach ris an talamh. Nam bithist air ar togail ann an àit' eile cha bhiodh guth againn air."

"'S e ainm snog a th' ann am Melanie," arsa Muriel, agus i airson an còmhradh a thoirt air ais chun na tè bige. "Cha robh Ailig Iain a' tuigsinn cò às a thàinig an t-ainm. An ann às dèidh do mhàthar a tha e – nach e Anna a bh' oirre? Smaoinich mise gur e d' ainm fhèin agus ainm do mhàthar air an cur còmhla a th' ann."

"Tha mi creidsinn gun gabhadh sin a bhith," thuirt Bellann. "Dìreach ainm as caomh leam a th' ann. Ainm a tha a' ciallachadh rud dhomh."

Mus robh an uair a thìde an-àirde bha Bellann agus Muriel air aontachadh gu feuchaist, ma bha e làidir gu leòr, ri Ailig Iain a thoirt a-mach, gun deigheadh Muriel dhachaigh agus gun tilleadh i agus Ailig Iain na cois air dhòigh 's gu faiceadh e Melanie air a shon fhèin. Dh'fheumadh i cur roimhpe adhartas a dhèanamh, agus dlùth-leantanas a bhith aice ri Ailig Iain a dh'aindeoin cùise, gus an tigeadh esan air adhart cuideachd, agus ged a bha a sunnd agus a h-aighear air lapadh gu ìre agus nach tilleadh iad gu bràth gu mar a bha iad bho thùs, 's dòcha air slighe eile, le ceòl agus caidreachas agus reusan, gu fosgladh, aig a' cheann thall, rathad a ghabhadh a choiseachd, no eadhon a dhannsa, gu ruige cala rèidh.

29

'Se latha grianach le soirbheas beag laghach a bh' ann nuair a
dhràibhig Muriel an càr air bòrd an *Isle of Lewis*. Bha Ailig
Iain a' fàs na bu togarraiche, agus mar a bu mhotha a bha ise
a' sealltainn gun robh i a' dèiligeadh le cinnt ri gnothaichean, 's ann
a bu làidire a bha esan a' fàs. Bha e a' faighinn na h-aon taisealachd
innte agus a bha air a tharraing gu Bellann ann an lathaichean an
òige. Bha a' chinnt dheamhnaidh a bh' ann am Bellann, agus a-nis
a' tòiseachadh a' nochdadh ann am Muriel, a' cur smaoineachadh air.
'S mar sin ghabhadh e leotha, ach cha robh e airson gum biodh e na
ghille-mirein aca. Bha dùil aig a' choimhearsnachd, agus cuideachd
aige fhèin, nach b' ann mar seo a bhitheadh. Bha e cho cinnteach
na inntinn gu fàgadh Muriel e, mar a bha Bellann air fhàgail sna
lathaichean tràtha, agus gur e sin bu choireach nach robh aige air
ach landaigeadh san ospadal. Tha fhios gun do dh'fheuch e ri làmh
a chur na bheatha, ach 's e obair na h-èiginn a bha sin, chanadh e
ris fhèin. Ach smaoinich thusa, nighean bheag a bhith aige a-nis,
aigesan nach do shìolaich gineal a-riamh roimhe, a thàinig gun

fhaighneachd, dhan t-saoghal mhosach. 'S e obair a' Chruthaidheir a bh' anns a h-uile gnè a bha a' tighinn chun an t-saoghail, agus fhad 's a chumadh e sin air beulaibh a smuain, cha bhiodh a' chùis cho dona, pòsadh no ceangail ann no às.

Mar sin, bha an dithis aca, Muriel agus Ailig Iain, domhainn nan smuaintean fhèin agus aig a' cheart àm a' cumail nan smuaintean sin air falbh bho chèile gus nach biodh an ùpraid a bhiodh an cois an dèanamh follaiseach cus dhaibh.

Nuair a ràinig iad suas rùm-suidhe na h-aiseig, bha gu leòr dhaoine a-staigh an sin, cuid a dh'aithnicheadh iad, cuid dhiubh air an dèanadh iad aithne gun chuimhne agus cuid eile nach fhaca iad a-riamh. Ach bha cuideachd ann feadhainn air an robh iad eòlach gu leòr – dithis bho Shiar a sheall toileachas mòr ri Ailig Iain fhaicinn, agus a chlapaidh a ghualainn agus a làmhan. Air oir a shùla dhearc e air Calum Aonghais Tharmoid, an t-èildear a bh' air a bhith staigh còmhla ris a' mhinistear an oidhche a leig e roimhe, agus air a bhean 's air a theaghlach. Ghabh e beagan feagail, ach an ath shùil dhan tug e cha robh sgeul orra, gus an do mhothaich Muriel dhaibh a-rithist aig fìor cheann shuas an àite-bìdh gu math air falbh bho na h-àiteachan-suidhe àbhaisteach. Nach annasach an saoghal, arsa Muriel rithe fhèin, ach 's e thàinig a-steach air Ailig Iain facal a mhàthar: "Cha bheir gad air aithreachas."

'S ann air an triop sin a thòisich Muriel agus Ailig Iain a' bruidhinn air an airgead a bha a' dol a thighinn thuca. Dh'fheumaist a chur gu feum, ge b' e ciamar. Bha Muriel le sùil air gnìomhachas air choreigin – rudeigin co-cheangailte ri reflexology, aromatherapy no ceòl eileanach. Esan a' feuchainn ri smaoineachadh air rudeigin co-cheangailte ri a dhreuchd fhèin air na rathaidean 's na drochaidean. 'S ann, 's dòcha, a dh'fhàgadh e Siar, agus thòisicheadh e companaidh dha fhèin le cuideachadh bhon Iomairt.

"Dè?" arsa Muriel, "mu dheidhinn siabann de sheòrsa air choreigin – siabann le morghan Leòdhasach na mheasg a bhiodh air a bhleith na fhùdar? Ghlacadh sin dreuchd a bhuineas dhan dithis againn."

"Fhad 's nach sgiulladh e craiceann nan daoine a chleachdadh e," ars esan, le beagan gàire.

Mus do ràinig iad Obar Dheathain, bha iad air tòrr obair-inntinn a chur dhan ghnothach, agus air a thighinn chun a' cho-dhùnaidh gu feumadh iad cuideigin fhastadh airson ùine ghoirid a dhèanadh sgrùdadh air an son, feuch am biodh càil a dh'fheum a dhol air adhart agus am biodh tabhartais tòiseachaidh rim faighinn bhon Iomairt. Bha aig duine ri bhith an sàs ann an rudeigin airson cumail air uachdar.

Ràinig iad an taigh-òsta, an Copthorne an turas seo. Phàrcaig Muriel an càr shios fon làr agus a-steach leotha, gun iad iomradh a thoirt fad na slighe air Bellann no Melanie, no idir air an fhear a dh'fhàg an t-acadal aca.

30

Cha robh fios aice carson a bha i a' ruith na h-inntinn uiread air pàirtean sònraichte dhe beatha, agus gu neònach 's e an ceòl a bha a' tighinn an-àirde gun sgur. Bha ceòl Dileas Donn agus na bha i air a leigeil seachad le Mobà agus Heins bho chionn sia bliadhna deug a-nis ga leantainn gu làitheil. Eadhon ged a bha sin air Ailig Iain a chosnadh dhi, 's e bha duilich ach nach b' urrainn an dà chuid a bhith nam pàirt beòthail dhe a beatha.

'S e duine caran annasach a bh' ann am Mobà. Bha falt liath air, slìobte air ais, fiaclan stòrach a bha ro mhòr airson a bheòil, agus daonnan le port-à-fead. Chan aithnicheadh tu gun robh e a' feadalaich ann seach nach biodh a bheul a' gluasad, agus b' e an aon phort a bhiodh aige daonnan. Bhiodh e tric ri maoileasaich ghàireachdaich, gu h-àraid nam biodh daoine anns a' chuideachd às annas – mar gum biodh e rudeigin nèarbhasach – agus ag iarraidh gu sàmhchair a lìonadh le fuaim.

'S e Muriel fhèin a b' eòlaich a bh' air sa bhaile. Dh'aithnicheadh i na casan stiorcach aige an àite sam bith, agus shaoileadh tu nuair a bhiodh e a' cluich a' bhucais nach robh a chorragan a' gluasad. Cha do thuig Mobà a-riamh carson a thàinig cùram air Muriel agus a thagh i a cùl a chur ris a' cheòl agus ris a' chuideachd a bha an cois na dòigh-beatha sin. Nam b' e creidmheach a bhiodh annam, chanadh e ris fhèin, dheighinn air mo dhà ghlùin ach an tigeadh Muriel air ais a thìr nam beò airson na puirt a chluich aig na dannsan!

Bha iad air na puirt ionnsachadh còmhla, agus bha Heins air feadhainn ùra a thoirt a-steach a bhiodh e a' togail bho na teipichean a bhiodh e a' clàradh bhon rèidio. Bha e air a bhith a' còrdadh riutha a bhith an lùib a chèile, agus cuideachd bha an triùir tuigseach air suidheachadh càch-a-chèile agus cha toireadh iad breith. B' ise a bhiodh a' cumail nan leabhraichean dha Dìleas Donn, a' gabhail ri eàrlaiseachadh, agus a' dèanamh cinnteach gum biodh Mobà agus Heins a' nochdadh nuair a bu chòir. Cha robh iad air a leigeil sìos ach aon uair a-riamh, agus Mobà air smùid uabhasach a ghabhail an oidhche a rugadh an aon bhalach a bh' aige, agus e fhèin agus Heins air landaigeadh air taobh an ear an eilein ann an taigh far nach aithnicheadh iad duine, ach far an deach gabhail riutha air sgàth a' chiùil a chùm iad a' dol a' cluich eadhon ged a bha iad cha mhòr gun mhothachadh. Sin an oidhche a b' fheudar dhìse an danns àbhaisteach a chumail a' dol leatha fhèin agus a mhaoidh i air an dithis aca nach dèanadh i sin tuilleadh. Bha i air an donas a thoirt dhan phaidhir aca.

Bha faisg air fichead bliadhna bhon uair sin, agus bha Donaidh Mobà a-nis ochd bliadhna deug. Bha fios aig Mobà agus Heins gun robh na bha eadar iad fhèin is Muriel mar an seòrsa faireachdainn a bhiodh eadar piuthar agus bràithrean, ged a bhiodh gach fear aca a' bruadar an-dràsta 's a-rithist gum biodh eòlas eadar-dhealaichte aca oirre. Smuaintean dubhar na h-eanchainn a dh'fhuireadh am broinn an cinn. Shaoil leotha co-dhiù gun robh a h-aighear air atharrachadh bho phòs i Ailig Iain agus nach robh mòran sgeul air na h-àmhailtean agus air a' chleasachd air an robh iadsan eòlach uaireigin agus a bhiodh a' cumail cridhe riutha.

Bha an oidhche ud a bha i air fònaigeadh agus air cantainn ri Mobà an dùil an tigeadh e sìos agus gun cluicheadh iad port mar dhùsgadh dhan spiorad aige. Bha fios aice nuair a dh'innis i dha na h-uimhir mu dè a bh' air gabhail àite nach tugadh e breith, agus nach fhaighnicheadh e dhi càil a bharrachd na bhiodh i airson innse. Cha mhòr gum b' urrainn e a chreidsinn cho math 's a bha cuimhne aice fhathast air na puirt, air na ruidhlichean 's na fuinn Ghàidhlig, ach cha robh fios aige, 's cha bhitheadh, cho tric 's a bha iad air a bhith a' tighinn a-steach oirre thar nam bliadhnachan agus a' gleidheadh earrann spioradail a beatha ann an òrdugh.

Bhathas air a thogail-san a bhith creidsinn gun robh spioradail a' ciallachadh obair Dhè a-mhàin, agus nach b' urrainn dhut a bhith spioradail ach nuair a bha thu a' creidsinn anns a' chreideamh Chrìosdail. No ag èisteachd ri searmon. Uill, cha b' e sin an creideamh a bh' aigesan idir. Cha b' e an-diugh.

Cha robh e a' creidsinn ann an càil ach gun a bhith a' cur dragh air duin' eile, ach nam biodh e onarach, bha e a' dèanamh na h-uimhir de dh'adhradh do cheòl a' mheiloidian, oir 's e sin an rud a b' fhaisge a bha a' bruidhinn ri a spiorad – ge b' e dè a bh' anns an spiorad: cha robh e idir cinnteach.

Dh'fhaodadh gur e dìreach facal eile a bh' ann a bh' aig na creidmhich. Co-dhiù, dè am fios a bh' aigesan mu na rudan sin: cha robh e ionnsaichte ann agus cha b' urrainn dha na h-argamaidean a dhèanamh airson freagairt a thoirt dhaibhsan a chanadh ris, "Nach eil a thìd agad a thighinn dhan eaglais?" Bha e ag iarraidh a bhith carthannach riutha, agus chaidh a thogail gu bhith modhail agus fhaireachdainnean fhèin a chumail am falach gus nach aithnicheadh duine dè bhiodh a' dol air a thaobh staigh. 'S ann air sgàth sin a fhreagradh e, "Chan eil fios dè chuireas sealbh fhathast orm" le gàire mòr, am facal a bh' aig athair an-còmhnaidh nuair a gheibheadh e e fhèin ann an cruadal sam bith. 'S e sin a bu choireach gur e Sealbh am far-ainm a bh' air athair, agus gun robh esan leis an ainm annasach Mobà Sealbh.

Bha aon rud eile ann am beatha Mhobà Sealbh. Bha e air leth math air snàmh. Cha robh e buileach cinnteach carson a bha seo, ach dh'ionnsaich e snàmh bho òige anns a' mhuir sa bhàgh air cùl an taigh' aca.

Bhiodh e uaireannan an sin bho mhoch gu dubh, a' cur nan caran agus ag ionnsachadh dòighean na mara, air dhòigh agus gun robh e dhen bheachd nuair a bha e òg gur e seòrsa de dh'iasg a bh' ann dheth. Chan e gun robh e a' creidsinn sin dha-rìribh, ach b' urrainn dha a dhol a-steach a shaoghal beag prìobhaideach a bh' aige fhèin agus nach do dh'fhàg a-riamh e, far am biodh e car tamaill a' faighinn fois agus beagan toileachais, air falbh bho athair agus a mhàthair agus a pheathraichean nach robh a' sealltainn mòran spèis dha, agus bha an saoghal sin a' toirt a' chothruim dha a bhith na iasg, no na chluicheadair iongantach, a rèir 's mar a bhiodh feum aige.

Bhiodh e ag ionnsachadh snàmh do dhaoine eile, ach ann an dòigh eadar-dhealaichte. Shnàmhadh e còmhla riutha anns an amar, a làmhan mun amhaich, gus am faigheadh iad comas a bhith dòigheil san uisge, port-à-fead agus gleadhraich a' sìor dhol am meud agus muinntir nan leabhraichean snàimh a' toirt earail nach ann mar sin a bu choir dhut ionnsachadh idir. Cha robh dragh aig Mobà Sealbh. Gabh e no fàg e – bha a dhòigh fhèin aigesan. Agus bha e air a dhol triop no dhà gu tìr-mòr agus air amar-snàimh a chleachdadh an sin ann an taigh-òsta spaideil airson snàmh ionnsachadh do dhuine no dithis nach robh ag iarraidh gum biodh fios aig duin' eile mar a dh'ionnsaich iad.

Chan innseadh esan na rudan sin ann am bith do dhuine ach Muriel. Chan innseadh e idir dha Heins air an robh e glè eòlach, no dha bhean nam b' e 's gum biodh i fhathast còmhla ris, an rud nach robh. Ged a bha fios aig Heins agus gu leòr eile gun robh Mobà math air an t-snàmh, cha leigeadh a leas fios a bhith aca air a h-uile càil a bha an cois sin. Bha duine ag iarraidh beatha a bhith aige dha fhèin gun fios aig an t-saoghal mhòr.

Mar sin bhiodh Mobà fhathast, an-dràsta agus a-rithist, mu dhà uair sa bhliadhna a' falbh a dh'ionnsachadh cuid dhe na mnathan air snàmh, agus iad an uair sin a' toirt a chreidsinn nuair a thilleadh iad gur e rud a bha iad air ionnsachadh leotha fhèin a bh' ann. Bha dà thaigh-òsta air tìr-mòr aig an robh ainm, agus chuireadh iad fios nuair a bhiodh feum agus comas pàighidh aig duine.

Bhiodh e tric a' miannachadh gun coinnicheadh e ri tè bheairteach sna taighean-òsta spaideil a ghabhadh fansaidh dha; cailleach bheairteach a dh'fhaireadh na innibh agus a shaoileadh nach dèanadh i a' chuis às aonais, ach a leigeadh dha a bhith a' dèanamh a thoil fhèin fhad 's a thilleadh e dhachaigh aig deireadh na h-oidhche. Bha e fhathast beò ann an dòchas.

31

Bha Bellann agus an tè bheag air faighinn dhachaigh às an ospadal o chionn dà latha. Bha iad a' faighinn cleachdte ri bhith aig an taigh, agus bha Patsy air cùisean a chur air dòigh, gus am biodh Melanie a-staigh sa chot còmhla ri Bellann.

'S ann nuair a dh'fhònaig Muriel an ospadal an ath mhadainn a dh'innse gun robh iad a' tighinn suas, a fhuair iad sin a-mach. Le mar a bha cùisean air a bhith cho riaslach cha robh iad air fhaighinn a-mach gu ruige seo.

'S ann le ceum caran trom agus air bheag fhacal, ach aontachadh gun robh e na b' fheàrr an càr fhàgail far an robh e, agus gun robh Bellann toilichte iad nochdadh uair sam bith, a ràinig iad an doras air Great Western Road mu aon uair deug. Bha i air am faicinn a' tighinn, agus bha i ullaichte – bhon taobh a-muigh co-dhiù.

Shuidh Ailig Iain air an t-sòfa far an robh e air seòrsa de chadal briste a dhèanamh an oidhche bha e air a bhith seo mu dheireadh agus shuidh Muriel ri thaobh. Shuidh Bellann mar gum biodh air oir an t-seitheir mhòir a bha san uinneig agus anns na diogan sin bha sàmhchar agus seòrsa de dh'ùmhlachd eatarra a lìon an rùm airson tiotadh.

Thòisich an triùir aca a' bruidhinn còmhla, cha robh fios aca cò mu dheidhinn, ach thaom facail a-mach gun fhaighneachd. Mu dheireadh, aon uair is gun d' fhuair iad a' chiad chnap-starra seachad, chiùinich iad agus thàinig an còmhradh gu rèite.

'S e Muriel a thuirt, mu dheireadh thall, agus iad air bruidhinn air an ospadal agus air cor fala Bellann, gum biodh e math nam faiceadh iad Melanie, agus nuair a dh'èirich Bellann phut Muriel esan airson gun èireadh e cuideachd, agus le sin lean e Bellann suas dhan rùm eile, le beagan stadaich.

Bha a' chreathail an sin agus nuair a chunnaic Ailig Iain i ghabh e briosgadh. Dh'aithnich e sa bhad gur e seo a' chreathail san robh e fhèin nuair bha e na naoithean – nach iomadh uair a bha Muriel agus e fhèin air a bhith an dòchas gun cleachdadh iad i, agus iad ga gleidheadh san lobhta. Ciamar a thàinig i an seo? Rug Bellann air làimh air, gun guth a ràdh gun robh Muriel air a' chreathail a thoirt a-mach sa chàr an triop mu dheireadh, agus threòraich i a-null na b'fhaide e, gus am faiceadh e gun robh gu dearbh Melanie an sin na cadal socair, sèimh. Sheas e ùine mhòr ga coimhead, e fhèin agus Bellann fhathast air làmhan a chèile, gus na thionndaidh iad bus ri bus airson pòg bheag shìmplidh a thoirt, air dhòigh 's nach biodh fhios ach aca fhèin fa leth air an leòn a bha gan iathadh.

B' ann am feasgar sin agus iad air ais sa Chopthorne a thuirt Ailig Iain gu feumadh esan a dhol dan t-searmon. Cha robh e air a bhith innte aig an taigh idir bho chaidh e dhan ospadal, agus cha robh duine bhon eaglais air a thighinn faisg air. Cha robh e furasta dha duine a bh' ann. Cha robh e a' cur càil às an leth. Bha e air na riaghailtean a bhriseadh. Bha fios aige air an sin. Cha bu dùirig dha dhol air beulaibh dhaoine aig an taigh, ach bha e miannach air

searmon a chluinntinn – searmon a dh'inseadh dha cho dona 's a bha
e, a chuireadh sìos e gu neonidh, a chlàbhadh a chridhe, a chiùrradh
a spiorad, a dhèanadh caglachan dheth. 'S e sin bu choireach gun
d' fhuair e e fhèin a' coiseachd gu Rosemount am feasgar Sàbaid sin
dhan eaglais – beagan spionnaidh na chasan agus na inntinn an
dòchas gu faigheadh e cobhair bhon Tì a tha a' riaghladh.

Shuidh e air a' chùl air falbh bho na h-oileanaich, nach aithnich-
eadh e co-dhiù. Nuair a thàinig am ministear a-steach, choinnich an
sùilean, ach chaidh aige air a ghnùis a chumail an-àirde gun athadh.
Carson nach deigheadh? Tha mi a cheart cho airidh a bhith seo ri
duine sam bith eile, smaoinich e, agus fhad 's a bha na sùilean aige
glaiste ri aghaidh a' mhinisteir cha robh dol às aige – 's e ministear
Leòdhasach a bh' ann a bhiodh e tric ag èisteachd aig an taigh, fear
dhen fheadhainn aotrom mar a chanadh athair Bellann uaireigin,
fear a bhiodh cuideachd a' cur a-mach na loidhne san t-seann nòs
mar gun cluinneadh tu seinn Ghàidhlig oidhche na bliadhn' ùire,
fear air an robh atharrachadh nan gràs air a thighinn agus e na
shìneadh am measg nam pollagan fad oidhche earraich agus e air
smùid a ghabhail, mar bu tric a bhitheadh, a' tighinn dhachaigh à
Steòrnabhagh agus roile linoleum air a ghualainn. Chaidh cromadh
cinn beag a dhèanamh ri chèile.

Bha an t-seinn air leth tarraingeach agus làidir a' seòladh mun
cuairt air. Bha i a' siubhal leatha fhèin – 's ann a chanadh tu gun
robh seòrsa de dhaoraich air na bha staigh, a' siubhal gach frìth
agus monadh le an làraich fhèin . . . *nam beann on tig mo neart* . . .
m' fhurtachd uil' a' teachd . . . *gu sleamhnaich i gu bràth* . . . *slighe
ghlan na fireantachd* . . .

Agus b' ann às an t-salm a bha an ceann-teagaisg – cha robh e
air a leithid sin a chluinntinn a-riamh – *mo shùilean togam suas a
chùm nam beann on tig mo neart*. Agus fhad 's a bha am ministear

a' mìneachadh gun robh neach shuas an siud an àiteigin nan togadh tu do shùilean suas a chùm, thòisich Ailig Iain a' smaoineachadh air na beanntan aig an taigh – *uisgeachan mìn a' cìreadh fuiltean nam beann*, agus *Chunnaic mi uam a' bheinn 's mi siubhal air astar speur . . . is mhiannaich mi rithist bhith òg . . . mean air mhean an dubh-oidhche tighinn teann* agus *A' nochdadh ri beanntan na Hearadh 's gaol a leannain ri dol bàs . . . 's ged shreapainn bhàrr nan crann aice, chan fhaic mi beanntan Leòdhais.* 'S ged a bha inntinn a' gluasad air ais 's air adhart mar sin, bha e toilichte gun tàinig e innte, ged nach biodh ann ach a bhith a' faighinn cleachdte air na suidheachain chruaidhe aon uair eile agus a bhith dèanamh peanas air choreigin airson a shuidheachaidh.

'S ann agus e a' feuchainn ri liùgadh air falbh às dèidh dhan choitheanal sgaoileadh a chuala e am ministear ag èigheach ainm. Stialladh air an rud a bh' ann! Rug iad air làimh air a chèile. Cha robh e cinnteach idir am bu chòir dha dhol air ais a thaigh a' mhinisteir. Chuir e iongantas air gun deach iarraidh air. B' fheàrr leis nach robh e air a dhol innte. 'S iomadh rud a bha an Clandaidh agus e fhèin air a dhèanamh còmhla san sgoil agus às dèidh sin, agus air sgàth na dàimhe sin, agus gun robh fios aige air dòighean an fhir eile, chaidh e ann. Cha robh aige ri càil a ràdh mu shuidheachadh – 's math bha fhios aig a' Chlandaidh dè bh' air gabhail àite, ach rinn e aithnichte dha gum bu chòir dha smaoineachadh air a bheatha a thogail an-àirde air ais am broinn na h-eaglaise – agus gur iomadh cuspair a bhiodh a' tachairt ann am beatha dhuine a ghabhadh seachad nuair a gheibheadh tu air ais chun nan seann dòighean. 'S e inntinn shìmplidh a bh' aig a' Chlandaidh agus bha e ag iarraidh gum biodh cùisean gu math dhan h-uile duine – ach gur ann agad fhèin a bha ri dhèanamh agus aon uair 's gun aidicheadh tu do pheacannan bhiodh a h-uile càil air a mhaitheadh 's b' urrainn dhut tòiseachadh a-rithist mar nach biodh droch rud sam bith air tachairt. B' e sin an còmhradh, ach b' fhada à sin an inntinn a bhith dha rèir.

Bha e taingeil airson èireag fhuar Obar Dheathain, a chùm cridhe ris air a shlighe air ais dhan Chopthorne, far an robh Muriel ag òl glainne fìon agus a' coimhead prògram air an telebhisean.

Chaidh na lathaichean seachad gus mu dheireadh gu robh iad air a bhith an Obar Dheathain airson cola-deug agus esan air a bhith san t-searmon dà thriop eile. Bha Melanie a' fàs, bha Bellann le dreach mhàthaireil a' biathadh an leanaibh, agus bha Ailig Iain agus Muriel air a toirt a-mach uair no dhà airson cuairt sa phram. Cha robhas a' bruidhinn mòran air na h-atharraichidhean, ach a' leigeil leotha gabhail àite nan dòigh fhèin. Bha bhìodag aca aon latha sa Chopthorne agus Bellann a' dèanamh rudeigin a-muigh, agus bha Muriel a' fàs cho cleachdte air a bhith ga làimhseachadh 's ged a b' ann leatha fhèin a bhiodh i. "S nach ann leam fhìn a tha i,' theireadh i na ceann. 'Ma tha i le Ailig Iain tha i leamsa cuideachd.' Agus dh'fheumadh i aideachadh dhi fhèin gun robh ionndrainn mhòr gu bhith aice oirre aon uair 's gun tilleadh iad dhachaigh. Agus bhiodh Ailig Iain ga coimhead a' gabhail aig Melanie, agus cha robh e fhèin a bharrachd airson a' chùis a mhilleadh le bruidhinn air.

Mar sin, mar bhoillseadh beag grèine bho chùl sgòth, thòisich an triùir aca agus Melanie a' dèanamh an slighe lem faireachdainnean agus an gluasadan agus am piseach fhèin, a' siubhal slighe a bha iad a' dol a chumail dùinte eadhon bho chàch a chèile agus dha nach robh iad a' dol a leigeil duine eile a-steach.

'S ann le na rudan sin a chur an dàrna taobh a dh'fhàs e gu math na b' fhurasta bruidhinn mu na rudan teicnigeach a bha rin dèanamh, mar dè an gnìomhachas a chuireadh iad air chois agus càit am bu chòir dhaibh tòiseachadh, air dè cho tric agus ciamar a bu choir dhaibh a bhith a' faicinn Melanie agus Bellann, mar gum biodh an dithis aca air a bhith nam beatha a-riamh.

Agus seach gun robh airgead gu leòr aca a-nis bha triop a dh'Obar-
Dheathain a h-uile treas deireadh-seachdain comasach gu leòr
dhaibh a dhèanamh, agus 's dòcha gu fàsadh sin na bu bhitheanta a
rèir 's mar a bhiodh cùisean a' ghnìomhachais a' tighinn air adhart.

Cha leigeadh Muriel a leas a bhith a' cluich aig na dannsan ach nuair
a bhiodh e furasta, agus bha làn-fhios aice gum biodh Mobà agus
Heins leagte gu leòr le rud sam bith a chanadh ise.

32

Beag air bheag shocraich cùisean. Thill Muriel agus Ailig Iain dhachaigh. Chùm Muriel a' dol le na home-helps agus an ceann ùine chaidh Ailig Iain air ais gu Siar agus gu bhith a' frithealadh choinneamhan na Comhairle. Bhiodh deilbh ùra a' tighinn bho àm gu àm air e-phost, agus b' e Muriel bu mhotha a bhiodh a' dol a-mach a dh'Obar Dheathain. Bha iad mar gum biodh air tòiseachadh ùr a dhèanamh, bha co-chomann faiceallach, neo-chinnteach eatarra, mar gum biodh tu a' dìreadh beinne le oidhirp.

Uaireannan cha robh duine dhen dithis aca, Ailig Iain no Muriel, cinnteach carson a bha iad air fuireach còmhla; cha robh creideamh 's cha robh caraidean aca a-nis còmhla mar a bha. An dèidh sin, bha bannan ann – bannan a bha a' dol air ais gu saoghal eile agus gu beatha eile far an robh iad air a bhith dòigheil ann an seagh – ged a bha ise air seann bheatha a bh' aice a-cheana a leigeil seachad, agus nam biodh i onarach b' e esan a bha i ag iarraidh agus cha b' e a' bheatha a bha na chois. Bha i air a mealladh fhèin. Agus seach gun robh, bha aice a-nis ris a' cheist a chur rithe fhèin gun a seachnadh – an robh i gu fìor air a bhith ga iarraidh-san cuideachd nam b' e nàdar de cheò-draoidh a bh' air a bhith an sin còmhla ris a' chòrr? Agus 's ann ann a bhith a' dèanamh ceasnachadh dhi fhèin air na rudan sin airson a' chiad uair, an àite a bhith a' drioftadh a-steach do thachartasan na beatha gun cus ceasnachaidh, a dh'fhàs i na bu chinntiche.

Bha companach, bha ceòl, bha dachaigh, bha obair, bha susbaint, bha fiù leanabh aice ann an seagh. 'S dòcha gaol cuideachd. Agus nan leigeadh i dha, carson nach tuiteadh cùisean air ais gu bhith nochdadh coibhneis agus a' toirt tlachd dha chèile ann an dòighean eile? 'Na bi math a-mhàin: dèan gu math' – b' iad sin na facail a bha a' tighinn beò na h-inntinn.

B' e dhol a dh'fhaighinn comhairle mu dheidhinn an airgid a' chiad rud a rinn iad còmhla. Cha robh an stiùireadh a fhuair iad mu gneiss a chur ann an lùib siabainn idir foghainteach, ged a bhiodh e mar dhòigh air a bhith na shamhla air obraichean an dithis aca.

Às dèidh còmhradh fada ri ionmhasair ann an Steòrnabahgh cho-dhùin iad gum biodh e na b' fheàrr cuid dhen airgead a chur a-mach air pìos a chur ris an taigh far am biodh seòmar aig Muriel a dh'aon ghnothach airson an aromatherapy agus an reflexology – seòmar a bhiodh proifeiseanta, soilleir agus cofhurtail, agus far am biodh àite airson cuideigin a ghabhadh agus a bheireadh fiosrachadh aig a' chiad ìre. Na smaoinich i idir, ars an ionmhasair, air cùrsa a dhèanamh a bheireadh dhi barantas agus a bheireadh air adhart na sgilean aice gu ìre na b' àirde? "Seall," ars esan, "cho freagarrach 's a bhiodh sin." Agus na smaoinich i riamh air agency prìobhaideach a chur air adhart a chuidicheadh le daoine a bha ag obair fad an latha agus aig an robh ri coimhead às dèidh seann daoine no clann òga – agency a bheireadh cobhair le bhith a' tabhach sheirbheisean am broinn na dachaigh, bho ghlanadh gu cuideachadh, gu iornaigeadh, gu gàirnealaireachd, gu spin ann an càr, gu fuireach na h-oidhche – rud sam bith a bhiodh a dhìth?

Agus 's ann bho bhith ag obrachadh a-mach nan nithean sin còmhla a chuir iad pìos a-mach air an taigh, a stiùir iad iarrtas tron Iomairt, agus a chaidh Muriel a Ghlaschu gach ceathramh ceann-seachdain airson a' chùrsa bha seo a dhèanamh agus a chrìochnachadh.

Dh'fhàg sin gun robh a h-uile goireas aca, leabhar le dòrlach math de dh'ainmeannan ann, a bhiodh a' miannachadh nan diofar sheirbheisean, agus pailteas airgid fhathast air cùl an cinn.

Agus gach ceathramh ceann-seachdain bhiodh Muriel a' dol à Glaschu a dh'Obar Dheathain a shealltainn air Bellann agus Melanie, a bha a-nis aig ìre coiseachd agus cho tlachdmhor ri leanabh a chunna tu riamh. Falt curlach donn oirre agus bloighean de fhuaimean còmhraidh aice.

Gu deimhinne, b' i Bellann a bh' air beagan comhairle a thoirt a thaobh nan seirbheisean a bu chòir dha Muriel a bhith a' cur air adhart san ionad ùr, agus a bha air beachd a thoirt dhi air ciamar a bu chòir a dhol air air adhart leotha, gu h-àraidh a thaobh an cur air chois agus luchd-obrach fhastadh.

'S ann air fear dhe na turais sin a thuirt Bellann ri Muriel gun robh i a' sìor smaoineachadh air tagradh a chur a-steach airson obair ùr. Bha i air sanas fhaicinn ann am fear dhe na pàipearan-naidheachd nursaidh gun robhas a' lorg proifeasar nursaidh sna h-Eileanan Siar. Bheirist taigh seachad air mhàl gus a faigheadh an neach ùr air cùisean a chur air dòigh dhaib' fhèin agus cho fad 's a dhèanadh i mach bhiodh an obair stèidhichte sa cholaiste, mar phàirt de dh'oilthigh na Gaidhealtachd 's nan Eilean. Bhathas a' lorg chuideigin a bha air a bhith a' trèanadh nursaichean, agus bha a h-uile barantas agus còrr aice. 'S iongantach mura biodh seansa math aice agus i às an àite. Obair ùr a bh' ann, agus 's e a' chiad dreuchd de sheòrsa a bhiodh ann an Alba, a' dèiligeadh sa chiad àite ri nursadh ann an àitichean dùthchail. Cuideachd, bhiodh e math dha Melanie, agus gheibheadh i eòlas air a h-athair. B' urrainn a' Ghàidhlig a bhith aice. Leig i na facail a-mach nan aon deann.

Ga h-èisteachd, thàinig beagan iomagain air Muriel. Bha i a' coimhead a' bhoireannaich seo a bha mu coinneimh sa flat spaideil uaigneach seo mar sheòrsa de dh'aonaran. Cha robh neach aice san t-saoghal ach Melanie. Ach seall oirrese, Muriel fhèin: bha Ailig Iain aice, bha Mobà Sealbh agus Heins aice airson a bhith a' toirt tomhas eile dhi, agus a cridhe agus a meuran làn ciùil. Agus bhiodh leanabh Ailig Iain aice aig an taigh nam b' e agus gum biodh i ciallach agus glic. Le iochd, bheireadh i an suidheachadh gu maith agus b' urrainn dhan a h-uile duine aca com-pàirt air choreigin a bhith aca ann am beatha chàch a chèile. Dè a bh' anns an aon oidhche de shubhachas a ghin Melanie an taca ri na bh' aicese leis – an ceangal domhainn, fad-fhulangach agus tuigseach?

Carson nach fhaodadh an ceathrar acasan beatha a dhèanamh dhaib' fhèin a bhiodh a' freagairt orra fhèin, agus gu h-àraidh air Melanie, agus nach cuireadh dragh air neach eile, agus a bhith nam pàirt dhen choimhearsnachd cuideachd?

Ach aig a' cheart àm bha fhios aice, nan tigeadh Bellann agus Melanie dhachaigh, gu nochdadh duilgheadasan eile – gu h-àraidh ann an togail an leanaibh, agus dè an creideamh a dheigheadh a thoirt dhi, nan deigheadh fear idir.

Tha mi a' dol a dhèanamh seanfhacal ùr, ars ise rithe fhèin, 'Nach math an creideamh a bhith gun chreideamh idir!'

Bha Ailig Iain, ged a chaill e a shochairean, fhathast na chreid-mheach, agus bha fios aig Muriel nach robh Bellann idir a' dol a chur suas le càil a bhith air a sparradh oirre leis. B' ise a dh'fhàg e san aois òig agus e air gràdh a thoirt do dhòigh-beatha eile, no do Nì eile, mar a bha iad ga fhaicinn aig an àm, ach 's ise, Muriel, a bha fhathast a' dlùth-leantainn ris a dh'aindeoin 's mar a bhrath e i.

"Uill," arsa Muriel, "'s dòcha nach biodh càil ceàrr air a sin. Feumaidh tusa dèanamh mar a chì thu fhèin iomchaidh, ach saoilidh mi gum bu chòir dhan triùir againn bruidhinn air. Càil sam bith a tha a' buntainn ri Ailig Iain, tha e a' buntainn riumsa, agus mas e 's gu bheil thusa agus an tè bheag a' dol a thighinn dhachaigh, tha a h-uile duine a th' againn ann gu bhith nas socaire ma bhios sinn aonaichte air ciamar a tha seo a' dol a dh'obrachadh."

"'S dòcha," arsa Bellann, "nach tig e gu càil."

33

Bha obair Muriel a' dol gu math. Bha Maretta ag obair san oifis aon uair fichead san t-seachdain a' gabhail nan òrdughan, a' cumail rian air na faidhlichean agus air an ionmhas. Bha an oifis agus rùm nan cungaidhean air leth tlachdmhor, air an sgeadachadh ann an glas, pinc agus uaine, dathan nach fhaiceadh tu tric còmhla ach a bha a' tighinn gu chèile glè mhath. Bha e duilich dhi a chreidsinn gum biodh a leithid de dhaoine air tuath Leòdhais ag iarraidh a bhith a' tighinn thuice le eucailean, bho chinn ghoirt gu craiceann tachaiseach, falt tioram agus sgalpaich, sùilean goirt agus siataig. Bha i fhèin agus an dotair – am fear a thàinig nuair a bha Ailig Iain air a dhol buileach tuathal às dèidh dhan èildear 's dhan mhinistear a bhith staigh – air a thighinn gu còrdadh airson gun cuireadh esan cuideachd daoine thuice dha robh na leigheasan aice freagarrach. Bhathas a' dèiligeadh ri gach iarrtas ann an dòigh a bha gu tur proifeiseanta, agus mean air mhean lean na leabhraichean orra a' lìonadh agus bha luchd-feitheimh ann.

Bha na seirbheisean coimhearsnachd cuideachd a' soirbheachadh, rud nach robh Muriel idir air a bhith cinnteach mu dheidhinn, eadhon ged a bha Bellann air a ràdh gun robh an leithidean sin de sheirbheisean ann am bailtean mòra a bharrachd air na feadhain a bha an t-Ùghdarras Ionadail a' toirt seachad agus gum b' urrainn dhaibh a bhith tòrr na bu shubailte. Cha robh a bharrachd leisg sam bith air an luchd-cleachdaidh nach robh cho math dheth a bhith a' cur còig notaichean san t-seachdain mu choinnimh na seirbheis fhad 's a bha iad ga faighinn agus i a rèir am feumalachdan. Bha piuthar Maretta, Ancris, a' cumail an àite glan agus sgiobalta, agus 's i bha a' cuideachadh Muriel a' cumail an taighe agus a' dèanamh na h-uimhir de dh'ullachadh air biadh mu a coinneimh fhèin is Ailig Iain.

Ach cha robh Muriel idir ag iarraidh gun gabhadh seo a-null a beatha air dhòigh 's nach biodh a' dol aice air cluiche còmhla ri Mobà agus Heins. Chan fheumte Dìleas Donn a leigeil seachad.

'S mar sin bhiodh iad a' coinneachadh a h-uile feasgar Diluain san t-seòmar suidhe bheag a bh' aig ceann thall na h-aitreibh agus a' feuchainn air puirt ùra fhad 's a bhiodh Mobà a' priobadh air Heins agus a' faighneachd an dùil cia mheud fireannach a bha a' faighinn a shlìobadh agus ìneagranaich a-staigh an siud bho choinnich iad an t-seachdain a chaidh? Dheigheadh seo gu gleadhraich agus dibhearsain fhad 's a bha iad a' gabhail anail le cupan teatha.

'S ann air tè dhe na h-oidhcheannan sin a thuirt Muriel gun robh a thìde aca rudeigin às ùr a dhèanamh le na bucais, gun robh e glè mhath a bhith a' cluiche mheàirdsichean, puirt agus seann amhrain Ghàidhlig, ach dè mu dheidhinn nan salm?

"Na can rium gu bheil thu dol air ais chun a sin?" arsa Mobà. "Glè do nèarbh."

"Tha mi," ars ise, "a' gleidheadh mo nearbh, mas e sin a th' agad air. 'S ann a tha mi ag iarraidh gun tòisich sinn a' dèanamh preasantadh air a' bhucas, aon bhucas a' cur a-mach na loidhne agus an dithis eile a' tighinn a-steach le iolach àrd, ach làn dhe na notaichean bòidheach a tha siud a chluinneas tu aig na boireannaich, mar gum biodh seillein a' faighinn mil à dìthean. Saoilidh mi gun gabhadh e dèanamh – dh'fheumadh e tòrr practas – ach 's e rud ùr a bhiodh ann agus 's dòcha gu sgaoileadh e. Ach faodaidh sinne feuchainn air, agus a bhith ga chluich aig na consartan agus na dannsan airson an seòrsa ciùil sin a chumail beò ann an riochd eile. 'S e ceòl sòlaimte a th' ann – ghabhadh waltz a dhèanamh ris. Seall cho àlainn 's a bhiodh *Kilmarnock* agus *Martyrdom* 's iad sin air a' bhucas. Tha mise mion-eòlach air grunnan dhiubh sin, agus tha iad agaibhse cuideachd. Cuiridh mise a-mach an loidhne agus leanaidh sibhse mi."

"Nach ann òirnn a thàinig an dà latha!" arsa Heins.

"Mura tig breitheanas oirnn!" arsa Mobà Sealbh.

Agus gun an còrr a ràdh, thòisich Muriel a' cluinntinn nam facal, *An sin tha iad ro ait airson,* na ceann mar a nochd iad à càinealachadh na h-inntinn an latha bha i fhèin agus Bellann air a bhith ann a Hazelhead a' sgaoileadh na luatha an latha trom dòrainneach ud bho chionn còrr math agus bliadhna – agus seach gur iad a bh' air a thighinn thuice agus am fonn cho faisg dhi, thòisich a meuran gu slaodach a' lorg nam putan agus a' cumail a' bhucais fiogar na b'fhaide a' dùnadh agus a' fosgladh a rèir a' chuideim a bha i airson a chur air gach pìos dhen cheòl.

Às dèidh dhi an loidhne a chur a-mach, thàinig an dithis eile a-steach na cois, gach neach le fuaimean agus notaichean a' ruith na chèile le srann annasach, mar gum b' ann à bonn an t-saoghail no à broinn sìthein.

"Uill," arsa Mobà, "cha robh damn all a dh'fheum an siud. Cha ghabh e dèanamh. Chan ann airson sin a tha na sailm ann. 'S ann a bha am fuaim ud coltach ri mar gum biodh sinn a' cluich fon a' bhùrn."

"'S tusa as eòlaich' air a sin," arsa Heins. "'S dòcha gun dèan iad bucas fhathast a bheir thu leat air an t-snàmh!"

"In other words," arsa Muriel, "chan eil fhios dè a chuireas sealbh fhathast air!" Agus chaidh an triùir gu 'n druim a' gàireachdainn. Ach mus robh am feasgar a-mach bha iad air dhà no thrì stairean eile a thoirt air a' cheòl, no air 'Precenting on the Box', mar a thug iad air, agus 's ann a thòisich iad a' faireachdainn gur e rud a bh' ann a ghabhadh a thoirt gu ìre agus fheuchainn air beulaibh dhaoine nuair a bhiodh sin freagarrach. Agus seach gun robh e ceang-ailte fhathast ann an inntinn a' mhòr-shluaigh ri rud nach bithist a' cluinntinn ach co-cheangailte ri cùisean eaglais, chluicheadh iad e aig consart nuair a bhiodh an t-àm air a shon, an àite a chluich airson danns ris.

'S ann nuair a bha Muriel air falbh a' cluiche aig consart ann an Steòrnabhagh còmhla ris an dithis eile a nochd an ministear. Theab Ailig Iain fannachadh. Bha e air a bhith a-staigh leis fhèin ach a-mach 's a-steach a' càradh doras an t-sabhail, a bh' air bòcadh aig a' bhùrn.

"Seadh," ars am ministear, "a bheil mionaid agad?"

Nuair a shuidh iad san rùm-suidhe agus am ministear air sùil a thoirt mun cuairt, rinn e aithnichte nach b' e càil de dhroch rud a bh' air aire. Bha e togarrach agus blasad caomh na ghuth.

"Tha fios agam gu bheil do bheatha air atharrachadh agus gu bheil sinn air Muriel a chall car tamaill, ach tha mi a' faicinn gu bheil thusa a dh'aindeoin cùise fhathast a' frithealadh nam meadhanan. Chan eil thu air do chreideamh a chall a dh'aindeoin a' pheacaidh, agus an doilgheas tron deach thu ri linn. 'S iongantach mura b' e do chreideamh a thug troimhe thu."

"Thug rudeigin troimhe mi," fhreagair Ailig Iain. "Chanainn gur e Muriel a thug troimhe mi. Cha do leig i às a grèim, ged a bha i air a droch leòn le mar a thachair."

"Tà," ars am ministear, "tha an Cruthaidhear air a bhith ag obair dhutsa tro Mhuriel, a' toirt dhi neart airson sin a dhèanamh, ged a tha i fhèin san uaigneas an-dràsta."

"Cha mhòr," ars Ailig Iain, "gu bheil mi ag iarraidh bruidhinn air: chan e gnothach dhuin' eile a th' ann."

"Chan e. Tha sin ceart," ars am ministear. "Cha robh duin' againne ag iarraidh a thighinn an taobh a bha sibh fhad 's a bha cùisean cho duilich, tha thu tuigsinn, gus nach biodh sibh a' smaoineachadh gun robh sinn a' gabhail brath air ur suidheachadh . . . "

"Aidh," fhreagair Ailig Iain. "Bha mi glè mhothachail nach do sheall duine agaibh an taobh a bha mi. Agus bha Muriel mothachail cuideachd."

"Ach 's e fàth mo thurais an-dràsta," ars am ministear, "gu bheil mi dìreach airson innse dhut, mas e 's gun cùm thu dol a' frithealadh agus gum bi do bheatha a' tighinn gu chèile dhut a-rithist, gum biodh an eaglais na tìde fhèin deònach air smaoineachadh an dùil am bu choir dhut do shochairean fhaighinn air ais. Tha mi cinnteach gum bi thu toilichte na briathran sin a chluinntinn."

"Aidh," ars Ailig Iain a-rithist.

"Smaoinich thusa orra co-dhiù, agus ged a tha sinn air Muriel a chall an-dràsta, 's dòcha gun obraich cùisean a-mach."

Dh'fhàg Ailig Iain an còmhradh aig a sin fhèin. Air an t-slighe a-mach, agus am ministear air bruidhinn air cho àlainn 's a bha an taigh a' coimhead, agus e a' feuchainn na bheachd fhèin ri bhith nàdarrach, sheall Ailig Iain dha am pìos ùr: an oifis, an stòr, an rùm-suidhe, an rùm-feitheimh agus an t-àite-fàilteachaidh.

"Mo chreach," ars am ministear, "agus ceòl cuideachd!" agus e air faicinn air oir a shùla Hohner beag aon-shreath agus fear eile trì-sreathach thall san oisean far an robh Muriel agus na balaich air a bhith a' dèanamh a' phreasantaidh dà oidhche ron sin.

"Uill," ars Ailig Iain, agus e a' gleidheadh sùil a' mhinisteir gu teann airson grunnan dhiogan, "tha iad ag ràdh gun tig crìoch air an t-saoghal ach gu mair gaol is ceòl."

34

Cha robh Bellann buileach fada gus an cuala i gun robh i air an obair fhaighinn. Chuir iad roimhpe gum biodh i a' tòiseachadh trì mìosan bhon latha sin fhèin, gum biodh oifis aice sa Cholaiste agus gun gabhadh an tè bheag a cur dhan chròileagan aig Bòrd na Slàinte ma bha i ag iarraidh. Bha taigh falamh aca cuideachd, ach cha dèanadh Bellann an-àirde a h-inntinn am bu chòir dhi an taigh sin a ghabhail no fear a cheannach san spot nam biodh fear freagarrach air a' mhargadh. Cha robh i airson gum biodh cus gluasaid aice ri dhèanamh no gum biodh aig Melanie ri gluasad air falbh bho charaidean a bhiodh aice. Mar sin, 's e feuchainn ri taigh a cheannach a dhèanadh i.

B' ann agus Ailig Iain is Muriel a-muigh airson seachdain an Obar Dheathain a thòisich iad a' bruidhinn air càit am bu chòir dhi fuireach. Bha Ailig Iain air an rud a chumail air falbh bhuaithe fhèin, an dòchas ann an dòigh nach tachradh e. Ged a bha gaol mòr aige air Melanie agus i cho tarraingeach agus a-nis a' cantainn "Dada", bha e a' faireachdainn gun robh cùisean math gu leòr mar a bha iad. Ma bha Bellann agus Melanie a' tighinn dhachaigh, bhiodh a chuid adhaltranais mu choinneimh gach taobh a shealladh e, na chomharr air a' mhearachd a rinn e, mar chomharr dhan t-saoghal bheag anns an robh e beò air a laigse, agus mar chuimhneachan dha fhèin air mar a shleamhnaich e. Tha e nas duilghe mearachd a tha mu choinneimh do shùilean gach latha a chur à cuimhne.

Nuair a bhiodh e a' faicinn Muriel leis an tè bhig na h-uchd agus Bellann a' cur teatha is deochan air dòigh, bhiodh e a' tighinn a-steach air nach robh e buileach glic. 'S ann a bha Muriel air a dhol na màthair dhan a h-uile neach a bh' aca ann, a' cumail rian, a' cumail srian, a' dèanamh nan rudan duilich air nach cuirist aghaidh. Far am fiaradh esan, 's ann a chuimsicheadh ise. Bu mhath nach robh fios aice air na smuaintean a bha na cheann. Ann an dòigh, bha farmad aige rithe agus mar a chaidh aice air briseadh air falbh agus a beatha fhèin a thogail, ach fhathast air fuireach còmhla ris-san agus air aiseag air ais gu slàinte, mar a bha i air dèanamh cinnteach gum biodh an dàimh a bu chòir eadar e fhèin agus a ghineal, agus mar a chaidh aice air tòiseachadh ùr a dhèanamh ged nach deigheadh aice air mathanas a thoirt dha. Cha robh i idir air fhàgail air a dhlòth. 'S ann a bha h-uile càil a bh' ann air seòrsa de chumhachd a thoirt dhi, bha i air fàs cho cinnteach.

Cha robh e air a bhith deimhinnte a-riamh dè cho daingeann 's a bha i sa chreideamh, ged nach tuirt e càil mar sin rithe thar nam bliadhnachan, oir bha e a' toirt uimhir de thlachd dhi a bhith a' frith-ealadh air daoine a bhiodh a' tighinn chun taigh' aig òrduighean – suas ri fichead neach às dèidh searmon a' chomanachaidh. Sin am pàirt a bha a' còrdadh rithe. Agus ga coimhead le Melanie agus a' beachdachadh air na nithean sin, dh'aithnich e gur e a bha riamh a dhìth oirre ach teaghlach a bhith aice a thogadh i le tuigse agus sòlas, agus gum biodh oghaichean agus iar-oghaichean ann dhan ionnsaicheadh i eachdraidh nan teaghlaichean air gach taobh.

Agus a' coimhead Bellann bha e a' miannachadh gu falbhadh an t-sradag ud a bhiodh i a' lasadh na uchd, gum b' urrainn dha a ràdh gun robh sin gu fìor air a dhol às. Ach cha b' urrainn, agus nam b' e agus gu faighnicheadh Muriel dha mun t-sradaig sin, dh'fheumadh e a' bhreug innse. Ach dhàsan, na shaoghal fhèin, b' i Bellann an èibhleag a thigeadh gu lasair, agus b' fheàirrde e lasair na bheatha corr uair. Ach b' i Muriel an t-uchd socair, earbsach a bhiodh na màthair agus na leannan dha.

"Ò," arsa Muriel, agus gach neach nan tosd, is Melanie air tuiteam na cadal na h-uchd, "nach sinn a tha sàmhach agus a leithid de dh'fheum againn air bruidhinn. Tha againn ri bruidhinn air dè mar a tha an gluasad a tha seo a' dol a dh'obrachadh dhan a h-uile neach a th' ann. Cha bhi duin' againn toilichte mura cuir sinn ar faireachdainnean air a' bhòrd, agus chan obraich e. Tha ar beatha fillte ge b' oil leinn."

Agus fhad 's a bha Bellann a' togail an leanaibh agus ga cur suas dhan chot, agus Ailig Iain le gairiseachadh ach dè a bha an dà bhoireannach seo a' dol a chur air adhart a-nis, thill Bellann sìos air ais agus thòisich an còmhradh.

"Tha Muriel ceart," ars ise. "Tha e furasta gu leòr dhòmhsa beatha a dhèanamh dhomh fhìn agus do Mhelanie. Dh'fhaodadh sinn taigh a cheannach ann an Steòrnabhagh, 's urrainn dhomh cuideachadh de sheòrsa sam bith a phàigheadh a thig a bhroinn an taighe, dh'fhaodainn gun a bhith ag obair idir nam bithinn a' roghnachadh. Bhiodh sin a' ciallachadh nach bithinn fo na sròin-ean agaibhse daonnan, a' cuimhneachadh dhuib' fhèin agus dha na teaghlaichean agaibh, tro Mhelanie, mar a thachair. Ach cuideachd dhèanadh sin e na bu duilghe dhutsa, Ailig Iain, a bhith a' faicinn Melanie cho buileach tric: 's ann dìreach air an deireadh-sheachdain a b' fhasa a bhiodh e dhan a h-uile duin' a th' ann."

Ma bha Bellann a' tighinn dhachaigh idir, 's e seo a b' fheàrr, smaoinich Ailig Iain, dìreach Melanie a bhith a' tighinn a-nall dhan taigh acasan a h-uile oidhche Haoine agus a' falbh madainn Disathairne.

"Chan eil mi ag ràdh nach biodh sin na b' fhasa dhuinn gu lèir," ars Ailig Iain le beagan faochaidh, agus e toilichte gun robh iad a' tighinn gu co-dhùnadh cho aithghearr.

Ach 's i Muriel, ann an guth socair, solt, a thuirt nach biodh sin idir freagarrach. 'S dòcha gum biodh e freagarrach dhan a h-uile duin' acasan a thaobh nach fheumadh iad iad fhèin a chur a-mach ann an dòigh sam bith, ach an robh duin' idir a' tuigsinn nach b' urrainn dhut a bhith daonnan a' riarachadh do bheatha agus d' fheumalachdan fhèin aon uair 's gun robh leanabh air a thoirt dhan t-saoghal? 'S e bha a' cunntadh an seo ach feumalachdan an leanaibh, agus chan fheumaist sealladh a chall air a sin. 'S cinnteach gum bu chòir dhaibh uile a bhith a' fuireach na b' fhaisge air a chèile, gun còrr is fichead mìle de shlighe a bhith eatarra, gum bu chòir do Mhelanie na h-èirigh suas a bhith mach 's a-steach à taighean na dithis aca gus am biodh i a cheart cho eòlach air a h-athair 's a bha i air a màthair.

"Na bi thusa, a Mhuriel," arsa Bellann, agus a h-àrdan ag èirigh beagan, "a' smaoineachadh gur tusa an aon duine an seo a tha a' cur feumalachdan Melanie air thoiseach. Mise prìomh phàrant Melanie, agus tha mi air sin a ràdh riut mu thràth. 'S e an t-aon adhbhar a tha thusa an seo gur tu bean Ailig Iain, am pàrant eile."

"'S mi," arsa Muriel, "bean Ailig Iain. 'S mi bean Ailig Iain a dh'fhuirich còmhla ris a dh'aindeoin cùise, rud nach do rinn thusa agus gun an t-olc faisg cho mòr." Bha i ga faireachdainn fhèin a' dol na bu dalma, an còmhradh a' sruthadh a-mach: "Bhris thu a chridhe agus thug thu fuath dha. Chan ionnan sin is mise, ge b' e dè a chanas tu. 'S cinnteach à reusan gu faigh thu àite-còmhnaidh far am biodh Melanie faisg air. Tha e air a dhol tro gu leòr."

"Chan eil fhios agamsa dè a their mi," ars Ailig Iain le beagan sgeun na shùilean. "Chan eil mi airson a bhith a' trod. Chan fhiach boireannaich a' trod."

"'S dòcha gur fhada bho bu chòir an trod a bhith ann," thuirt Bellann agus i ag èirigh chun na h-uinneig. "A bheil thu cho cinnteach, a Mhuriel, gur e math Melanie a tha nad amharc, no an e d' fheumalachdan fhèin? Cha d' fhuair thu fhèin agus Ailig Iain leanabh còmhla ann. 'S ann a tha thusa ag iarraidh gum bi Melanie faisg ortsa, ged a tha thu a' feuchainn ri bhith nad fhìrean agus ga cur-se an toiseach. Carson nach aidich thu sin an àite a bhith cho ceart an-còmhnaidh? Chan eil càil ceàrr air na faireachdainnean sin. Agus ged a tha thu ag ràdh gun tug mise fuath do dh'Ailig Iain, agus gun do bhris mi a chridhe, chan eil sin fìor a bharrachd. Fhuair e seachad air a h-uile càil a bha sin: cha robh e fada sam bith gus na phòs e thu fhèin – chaidh e seachad dha mar flais an taigh-sholais."

"Carson a tha thu gam pheanasachadh-sa mu na rudan a thachair an uair sin?" thuirt Muriel agus a guth air a dhol slaodach leis an ainmein. "All right, if you want it you'll get it, a Bhellann. Carson a thill thu an taobh sa? Chòrdadh e riumsa tòrr na b' fheàrr nam falbhadh tu agus gu fàgadh tu Melanie agam fhìn agus aig Ailig Iain, ach tha fios a'm nach gabh sin a bhith. Sin a bhios na aisling agam anns na mionaidean a gheibh mi lem smuaintean fhìn. Sin an seòrsa smuaintean sòlasach a tha thu air a thoirt gu meadhan mo smuain."

Agus ged a bha pian na cliabh le na thubhairt i, stad i ann an sin fhèin mus canadh i an còrr, mus aidicheadh i gun robh i air a bhith a' guidhe ann am mòmaidean dorcha na h-oidhche gun tachradh aimlisg air choreigin a dh'fhalbhadh le Bellan gu saoghal eile.

Cha robh fios aig Ailig Iain gu dè a chanadh no a dhèanadh e. Bha rùm nan uinneagan mòra agus nan sèithrichean troma far na dh'ionnsaich e bho chionn bliadhna gu leth gun robh Bellann trom air a dhol dha mar sheòrsa de dh'ifrinn air thalamh.

"Feumaidh mi fhìn a ràdh," ars esan, "gu bheil rud agam ri aideachadh cuideachd. Cha tusa an aon duine a-staigh an seo, a Mhuriel, aig a bheil smuaintean falaichte. Tha iad againn uile, agus tha e nas fheàrr a bhith gan cumail againn fhìn. Tha fios gu bheil sinn uile airson math na tè bige. 'S e an aon rud a tha gam chumail-sa air ais an-dràsta bho i a bhith cho faisg ri sin orm a' fuireach gum biodh e na chuimhneachan dhan choimhearsnachd. Chan eil sin a' lughdachadh mo ghràidh dhi. Tha am ministear air innse dhomh gum biodh an seisean deònach beachdachadh air mo shochairean a thoirt dhomh air ais ma chumas mi a' dol a-mach, agus ma chì iad gu bheil mo bheatha a' tighinn gu rèite. 'S e sin as coireach gu lùiginn sinn a bhith a' fuireach pìos bho chèile gus am faigh mi sin seachad agus nach bi adhbhar sam bith aig duine a bhith smaoineachadh gu bheil mi a' dèanamh càil ceàrr nam biodh an taigh agadsa ri bun na h-ursainn, a Bhellann. Tha mi ag iarraidh air ais dhan eaglais; 's dòcha nach tuig sibhse sin. Tha fios agam nach tuig Bellann. Tuigidh tusa, ge-tà, a Mhuriel, agus 's dòcha," thuirt e le leth-ghàire na ghuth, "gu lorg thu fhèin do shlighe air ais innte fhathast."

"Ged a chaochail," arsa Bellann, "an innis, cha do chaochail an àbhaist," agus i a' tòiseachadh a' lachanaich. "Seall an trioblaid a tha sin a' dol a dhèanamh aig a' cheann thall. Na bi a' smaoineachadh airson mionaid gur iad na dòighean agadsa leis an èirich Melanie suas. Cha bhi mise airson gun tèid a cur a sgoil Shàboind, gun tèid a baisteadh, gun tèid innse dhi gu bheil beatha shuas anns na sgòthan, ach bidh mi airson a togail le fiosrachadh agus le co-fhaireachdainn gus am bi cogais làidir aice a bhios ga stiùireadh gu bhith a' beachdachadh ann an dòigh a bhios gu maith.

"Chan eil mise airson gum bi i na pàirt de bhuidhnean beaga robach a tha daonnan a-mach air a chèile agus a' cur theaghlaichean agus choimhearsnachdan a-mach air a chèile ann an ainm a bhith le freagairt aca airson toiseach agus deireadh an t-saoghail. Bidh mi cuideachd, ma bhios an latha air a shon, a' tiormachadh mo nigheadaireachd a-muigh air an t-Sàboind an àite a-staigh air puilidh. Bidh mo bheatha san fhollais, Ailig Iain, air cho duilich 's gum bi e dhut. Cha tig mi bonaid a-nuas air gin dhe na rudan sin."

"Ò," ars Ailig Iain, "tha thu air a dhol fada gu leòr, a Bhellann. Chan eil math dhut a bhith a' cleachdadh Melanie mar chèise-ball agus ag ràdh gur tusa a tha a' riaghladh. An tàinig e steach ort gun ionnsaich Muriel ceòl dhi? Na h-amhrain agus na fuinn? – na dearbh rudan a chanadh tu uaireigin a chaidh a chrosadh dhut fhèin. Chan eileas gan crosadh ann am mansaichean an là an-diugh, tha mi toilichte a ràdh. Tha e ceart gun tàinig orra atharrachadh. Atharraichidh iad fhathast cuideachd, agus thig an latha far am faod luchd-aidich a bhith a' cluiche a' bhucais aig consartan agus a bhith a' ruidhligeadh air an làr-dainns gu madainn. Tha e a' tachairt mu thràth ann an cuid de dh'eaglaisean, ged nach eil anns an tè againne. Agus cha bhi guth a bharrachd air an loch-theine – cha mhòr gu bheil guth oirre mu thràth – ged a bha feagal oirnne iomadh latha gu landaigeadh sinn innte a rèir nan searmonan a bha sinn a' cluinntinn."

Bha an dithis eile sàmhach, mar nach biodh buntanas aca ri chèile. Cha do chuir duine làmh cofhurtachaidh air duin' eile a dh'aindeoin doilgheis, agus chuimhnich Muriel air latha sgapadh na luatha ann a Hazelhead, far an robh e na b' fhasa dhi fhèin

agus dha Bellann beagan furtachd a thoirt dha chèile ann an àm
gàbhaidh ged a bha farsaingeachd chuantan eatarra.

"Uill, tha fios againn càit a bheil thusa nad sheasamh, a
Bhellann," arsa Muriel, "anns a h-uile seagh," agus i a' faireachdainn
gu feumaist gèilleadh co-dhiù an-dràsta. "'S ann agadsa a tha an
cumhachd. Agadsa tha làmh-an-uachdar."

Agus bha iad nan suidhe an sin sna sèithrichean mòra, agus seub
fhuar de ghaoth Obar Dheathain a' gluasad nan cùrtairean sròil,
mar gu sèideadh anail bheag slànachaidh am measg bròin; triùir
dhaoine claoidhte, glaiste nan eachdraidh, gach duine a' feuchainn
ri gluasad a-mach aiste, gun duine aca deònach an aon slighe a
ghabhail, gus na thog Bellann an còmhradh a-rithist.

"Dè do bheachd air Ailig Iain a bhith a' dol air ais dhan eaglais,
a Mhuriel? An gluais thu fhèin air ais?"

Bha Ailig Iain a' feitheamh ach ciamar a fhreagradh i a' cheist.

"Uill, bho nach do dh'fhàg mise Ailig Iain air sgàth 's na thachair
anns a' bhliadhn' ud, cha chreid mi gu fàgainn e airson sin. Ach
cha ghluais mi air ais. Tha mi fhìn, Mobà agus Heins a' dol air
chuairt, agus tha mi an dòchas gun tuig Ailig Iain gur e sin mo
bheatha-sa. Cha tug thusa mathanas dha a-riamh airson gun deach
e dhan eaglais; cha toir mise mathanas dha a-chaoidh airson 's
mar a bhrath e mi. Ach tha sinn mu thràth air tòiseachadh às ùr,
ged a bhios riasladh gu leòr air m' inntinn. Tha mise," arsa Muriel,
"a' feuchainn ri àite fhaighinn nam bheatha airson mar a thachair,
airson leantainn le Ailig Iain, agus a-nis le Melanie, agus eadhon leat
fhèin, a Bhellann. 'S fheudar dhomh na pìosan sin dhem bheatha a
thoirt còmhla, duilich 's gu bheil e. Bhrath an dithis agaibh mise,
ach gabhaidh sin seachad. Gabhaidh càradh a dhèanamh. Fàsaidh
sgreab, agus fa-dheòidh thig craiceann eile a bhios às ùr, ged nach bi
e cho làidir ris a' chiad fhear. Cha tèid mi fhìn air ais innte idir – tha

mi ag ùrachadh mo bheatha ann an dòighean eile. Bidh agam fhìn
's aig Ailig Iain ri bhith nar daoine eadar-dhealaichte.

"Chan eil mise," thuirt Muriel, "airson gun tèid e air ais am measg
nan daoine nach tug cofhurtachd no taic dha, agus dh'fheuchainn
ri chumail aiste nan smaoinichinn air dòigh anns an gabhadh sin
dèanamh. Ach an-dràsta chan eil air ach a bhith taingeil airson mar
a tha. Tha aigesan ri a shlighe fhèin a dhèanamh. Bidh mise an seo
dha, ach feumaidh esan a bhith an seo dhòmhsa ge b' e dè nì mi
cuideachd."

"Ailig Iain," arsa Bellann, "theirig innte gud ugannan, ach na
iarr ormsa gabhail rithe." Agus thug i an crathadh ud dha ceann,
an gàire beag air oirean a beòil, mar gum biodh a' cur fios dha
ionnsaigh ach aig an aon àm a' cur fios gun a thighinn ro fhaisg.

"Chan eil mise ag iarraidh ort càil a dhèanamh, a Bhellann," ars
esan. "Tha e neònach an obair Chrìosdail a tha thu a' dèanamh sa
choimhearsnachd seo, agus cho an-iochdmhor 's as urrainn dhut a
bhith nad bheatha phearsanta."

"Come on, Ailig Iain," arsa Bellann, agus i a' fàs sgìth. "Siud
thu a-rithist. Obair Chrìosdail. Ist, agus do chab a' dol thairis
ort. Dìreach obair, Ailig Iain. Dìreach obair. Bha truas, iochd, co-
fhaireachdainn, gaol agus a h-uile h-aon dhiubh sin ann fada ro
Chrìosd agus mus robh fios air Cruthaidhear. 'S e tha sin ach obair
nàdar an duine – chan eil monopoilidh aig neach sam bith oirre."

Dh'èirich Muriel agus ghluais i null a choimhead fear dhe na
dealbhan, an dòchas gun tigeadh crìoch air a' chòmhradh, an dòchas
gun tigeadh sìth de sheòrsa air choreigin. Bha i ag aontachadh ri
Bellann, ach cha robh i airson a bhith air a taobh cus an aghaidh
Ailig Iain, ga fhàgail rùisgte ri na siantan.

"'S fhada," ars ise ri Bellann, "bho dh'innis Ailig Iain dhòmhsa
mu na beachdan a sgar sibh. Chan eil mise a' dol a leigeil le na

beachdan sin mi fhìn agus Ailig Iain a sgaradh idir. 'S e tha dhìth ach leigheas, no càradh, no àite a lorg a tha na thalamh tioram agus a chumas sinn gu lèir còmhla."

"'S e," arsa Bellann, "facal math a th' ann an càradh."

"'S e," thuirt Muriel, agus i fhathast a' gluasad timcheall.

"A' càradh leapannan," thuirt Ailig Iain, agus e taingeil gun tàinig rudeigin a-steach air a bha brìoghmhor.

Le sin chaidh Muriel a-mach dhan lobaidh. Bha i air gu leòr a ràdh, agus fo a h-anail chual' i am fonn a' gluasad tro a bilean, ìosal:

"Chan eil agam ach am pàipear,
'S tus' an Càiro air do chàradh."

Agus smaoinich i air a liuthad adhbhar bròin a dh'fhaodadh a bhith aice a dh'fhàgadh lom agus aonaranach i mar chraobh gun duilleach, agus gum bu chòir dhi a bhith taingeil. Ach cha b' ann mar sin a bha an saoghal ag obrachadh: cha robh taic gu bhith ri gualainn ach i fhèin, agus cha do lìon agus cha do thràigh neach sam bith an cuan. Bha na facail àlainn agus an fhaireachdainn air an cùl cho tiamhaidh agus an creideamh cho làidir a chaidh a chur innte bhon latha a rugadh i, ach bha e air sgur a dhèanamh feum dhi gu tur, ged a ghleidheadh i deagh-ghean agus seòrsa de thuigse dhaibhsan a bha fhathast ga leantainn. Agus ghabhadh amhrain a dhèanamh agus rosg a sgrìobhadh a bhiodh a cheart cho fonnmhor.

Fhad 's a bha i san lobaidh a' coimhead a-mach air an uinneig bhig air sràidean glasa sàraichte Obar Dheathain, taigh às dèidh taighe gun abhsadh gun atharrachadh, dh'aithnich i air oir a smuain gun robh Melanie air dùsgadh. Chluinneadh i i a' crònan rithe fhèin gun ghuth air an ùpraid a bha am measg an triùir dhaoine a bha na beatha.

"Theirig ga h-iarraidh, a Mhuriel," arsa Bellann, agus i air a thighinn a-mach, "agus cuiridh mise air an coire."

Chaidh Muriel agus Ailig Iain a-steach dhan t-seòmar-chùil agus thog Ailig Iain a-mach i agus thug e i dha Muriel. Choimhead iad ri chèile airson grunn dhiogan, toilichte gun robh an onghail air a thighinn gu sìth car tamaill, agus Ailig Iain a' feuchainn ri na faireachdainnean a bha air a sheilbhidh a cheannsachadh, eadar lasair dha Bellann, dèidh air Muriel, gaol air Melanie agus tarraing na h-eaglais.

35

"Uill," arsa MacCumhais, "nach fhada on uair sin! Chunnaic mi d' ainm san leabhar an-dè."

"Bha mi airson seisean a bhith agam còmhla riut mus dèanainn breacan à baile. Tha mi air obair ùr fhaighinn agus tha mi dol suas a Leòdhas a dh'fhuireach."

"Seadh," arsa MacCumhais "Dè tha gad chur an sin? 'S iongantach mura robh rudan na b' èiseile na sin agad air a smaoinicheadh tu sa ghreis ud."

"Tha thu ceart an sin, ach 's e na rudan èiseil a thug chun an seo mi agus a dh'adhbhraich gu bheil mi a' dol a ghluasad. Tha mi dol a bhith nam phroifeasair!"

Agus an sin thòisich i ag innse dha mu Mhelanie, mu bhàs a h-athar, mu sgapadh na luathadh ann a Hazelhead, mun dìleab a chaidh fhàgail aice fhèin agus aig Ailig Iain, mar a dh'fheuch Ailig Iain ri làmh a chur na bheatha, agus mun trod mhòr a bh' air a bhith aig an triùir aca bho chionn ghoirid.

"Bu chaomh leam leabhar a sgrìobhadh," ars ise "nan sguirinn a dh'obair."

"Carson a sguireadh tu dh'obair," arsa MacCumhais, "agus tu dìreach air obair ùr fhaighinn?"

"'S dòcha gu feumainn. 'S dòcha gun tigeadh miann orm rudeigin a dhèanamh dhomh fhìn."

"Dè an seòrsa leabhair a sgrìobhadh tu?"

"'S dòcha gu feuchainn air nobhail. Chan eil mòran bhoireann-ach Eileanach a' sgrìobhadh nobhails. Dìreach na fireannaich."

"Bheil dad agad san amharc?"

"Nam bithinn a' dol a sgrìobhadh," ars ise, "dh'fheumadh e a bhith mu mo bheatha fhìn 's na thachair dhomh, agus 's dòcha na bhios air tachairt mun àm a chrìochnaicheas mi e."

Thog MacCumhais a cheann. "Dè bhiodh a' dol a thachairt mun crìochnaicheadh tu e? Chan e fàidhean a th' annainn!"

"Ann an dòigh, 's e agus chan e! Tha mi air a bhith ag innse dhut mar a thathas a' smaoineachadh gur ann agamsa a tha a' chumhachd san t-suidheachadh sa bheil sinn. Uill, cha chreid thu an ath rud a tha mi a' dol a ràdh riut, agus 's dòcha nach creideadh leughadair e a bharrachd.

"Tha Muriel airson gum bi mise a' fuireach san aon choimhear-snachd riuthasan. Tha a h-adhbharan fhèin aice airson sin. Tha fios agus faireachdainn aice gu bheil mar gum biodh sruth-dealain na h-òige eadar mi fhìn agus Ailig Iain, ach tha fios aice gur ise a thèarmann agus a neart. Tha i air a beò-ghlacadh le ceòl a' bhucais bhig, agus 's e seoba na croich a bh' ann mar nach fhaigheadh i air cluiche aig na dannsan agus na consartan thar nam bliadhnachan ud. Ach eadhon ged a leigist sin leatha a-nis, cha tilleadh i gu bhith mar a bha i. Tha i air obraichean a chur air chois – iomairtean ùra.

"Tha i an-còmhnaidh ag ràdh nach e aon dòigh a th' ann air a bhith beò, nach e aon dòigh a th' ann air teaghlach a thogail. 'Eil fhios agad, tha mi ag aontachadh rithe. Tha mi fhìn 's i fhèin air an aon ràmh mu na rudan sin, barrachd na tha mi le Ailig Iain. Agus mar a chanas i fhèin, 'Carson nach biodh triùir phàrantan aig Melanie? Chan eil fios dè an latha a bhios duine taingeil gu bheil barrachd air dà phàrant aige. Obraichidh e ma thèid rian a ghleidheadh – ma nithear àite dha,' bidh i ag ràdh.

"Tha Muriel fhèin a' dol a dh'fhalbh air cuairt fad mìos còmhla ri Mobà Sealbh agus Heins – leis a' chòmhlan Dìleas Donn – a-null gu taobh an iar na h-Èireann: tha iad air tour a chur air chois an sin. Cha chaomh leatha a bhith air falbh cho fada ri sin, ach cumaidh an siostam aromatherapy a' dol is an luchd-cuideachaidh a' ruith ghnothaichean, agus chan eil iad gu bhith a' gabhail dhaoine a-steach rè na h-ùine sin. Chan urrainn dhomh a ràdh ach gur e cuilean a' chuain a th' innte. Cha ghabh i a tuigsinn. Cha chreid mi gu bheil Ailig Iain ga tuigsinnn a bharrachd – nas motha na tha e gam thuigsinn fhìn!"

"A bheil thu a' smaoineachadh" arsa MacCumhais, "gu bheil càil eadar i fhèin agus Mobà no Heins? An dùil a bheil i airson a cuid fhèin fhaighinn air ais air Ailig Iain?"

"Chan eil idir, idir," fhreagair Bellann le gàire. "Idir, idir. Càil ach Dìleas Donn. 'S e Ailig Iain a tha a' cunntadh dhi, ach a-nis 's ise a tha a' riaghladh na cùise. Cha lùigeadh i e a dhol air ais dhan eaglais idir, ge b' e dè nì e.

"Seo am pìos gu robh mi a' tighinn ron seo a tha cho duilich a chreidsinn. Tha i air a ràdh nach eil còir aig Melanie a bhith leatha fhèin agus mi fhìn 's i fhèin 's Ailig Iain cho aost a bharrachd oirre, gum bu chòir piuthar no bràthair a bhith aice a bheireadh taic dhi nuair nach bi sinne ann. Agus, fhad 's a tha ise air falbh air an triop tha seo ann an Èirinn, gum biodh e iomchaidh dhomh fhìn agus dha Ailig Iain an cothrom a ghabhail leanabh eile a bhith againn a thogadh an triùir againn còmhla ri Melanie nar dòigh fhìn."

"Wow," arsa MacCumhais. "Abair peilear às an adhar! Dè tha thu ag ràdh ri sin?"

"Uill," arsa Bellann, "bha mi air m' uabhasachadh ann an seagh, ach chì mi ann an seagh eile dè th' air a chùl."

"Ailig Iain. Dè tha esan ag ràdh? Dè nì e agus e ag ullachadh airson a shochairean fhaighinn air ais?"

Thòisich Bellann a' gàireachdaich.

"Tha thu a' tuigsinn a-nis cò aige a tha an cumhachd. Ma thèid mi fhìn 's e fhèin air adhart leis a seo, chan fhaigh e a shochairean ann am bith, eadhon ged a lorgadh e earrainn às a' Bhìoball airson an rud fhìreanachadh às dèidh làimhe. Agus gu dearbh feuchaidh e ri tè a lorg! Tha Muriel air dòigh fhaighinn a chumas às an eaglais e ma bhios an tàladh a tha an cois seo cus dha.

"Tha e air a ràdh nach dèan e idir e, ach tha fios agam gu bheil sradag na h-òige aige dhòmhsa fhathast agus agamsa dhàsan. Tha aige ri taghadh a dhèanamh eadar ana-miannan na feòla, mar a bhiodh aig m' athair air sna searmonan, agus an dòigh-beatha chreidmheach. Ach bhiodh e math dha Melanie nam biodh leanabh eile ann, piuthar no bràthair a bhiodh aice. Bhiodh e math dhan a h-uile duin' againn."

"Dè," arsa MacCumhais, "ma bheir gin an leanaibh nas fhaide na mhìos a bhios Muriel air falbh? Dè cho fada 's a chumadh sibh seo a' dol?"

"Chan eil fios agam dè a thachras," ars ise. "'S dòcha gun till mi a dh'innse dhut!"